Christian Julius Wilhelm Mosche

Ehemaliger Senior in Frankfurt am Main

Leben, Charakter und Schriften

Christian Julius Wilhelm Mosche

Ehemaliger Senior in Frankfurt am Main
Leben, Charakter und Schriften

ISBN/EAN: 9783743679313

Hergestellt in Europa, USA, Kanada, Australien, Japan

Cover: Foto ©Raphael Reischuk / pixelio.de

Weitere Bücher finden Sie auf **www.hansebooks.com**

D. Gabr. Christ. Benj. Mosche

ehemaligen Seniors in Frankfurt am Main

Leben

Character und Schriften

v o n

M. Christian Julius Wilhelm Mosche

n e b ſt

des Verstorbenen

P r e d i g t e n

bei der

Wahl und Krönung

Leopolds des Zweiten

m i t

e i n e r V o r r e d e

v o n

Herrn Doctor und Senior Hufnagel.

Frankfurt am Main

bei Scheyer und Sauerländer 1792.

Dem Herrn

Herrn

Christian Heinrich Francke

Fürstl. Schwarzburgischen Hofrath
in Arnstadt
dem

Freund meines Vaters

der mich
wie seinen Sohn
liebt

den ich

wie meinen Vater

ehre

und

meinen Freunden

Friederich August Lade

Rector an der Stadtschule zu Wiesbaden
und

Gottfried Nicolaus Eichhoff

des Predigtamts Candidaten
in Frankfurt am Mayn
die mich
mit Bruderliebe lieben
die ich

mit Bruderliebe liebe

denen

mein Vater

auch Vater war.

Menschen von Verdienst erhalten sich ihr Andenken nach dem Tode, weil uns das Gute, für welches sie fühlten und lebten, an sie erinnert, und dieses Andenken ehren wir, denn Undank entehrt.

Entschieden gehört der Seegen, den die Lehrer der Religion Jesu durch Kenntnisse, Gewissenhaftigkeit, Wahrheits=Gefühl und tadelfreie Sitten auf ihre Zeitgenossen verbreiten, unter die vorzüglichsten Verdienste um die Menschheit.

Erkannt sind die Bemühungen, womit der verewigte Mosche für christliche Wahrheit und

christ-

christliche Tugend gearbeitet hat. Er nahm eine eh=
renvolle Stelle unter den würdigen Männern ein,
die, mit dem Geiste des Christenthums bekannt,
nicht blos den Buchstaben der evangelischen
und apostolischen Schriften genau kennen, son=
dern auch damit die Geschichte des Christen=
thums und sein Verhältniß zu der Naturreligion
— denn Gott hat sich nirgends unbezeugt ge=
lassen — verbinden. Ausgerüstet mit diesen Kennt=
nissen drang er tiefer in den Sinn des grossen Aus=
spruches: Niemand hat Gott je gesehen; der Sohn
allein, sein Liebling, sah ihn! Ihm danken
wir die zuverläßigsten Kenntnisse von seinem We=
sen, das Liebe ist, und ihm die ewigen Wirkungen
dieser Liebe zum Seegen der Menschen. Eine Ue=
berzeugung wie diese konnte sich im Leben nicht ver=
läugnen. Indessen es noch so Manchem genügt, nur mit
eigenen frommen Mienen und einer eigenen frommen
Sprache den Menschenretter zu preisen, kündigte sein
Leben an, was er für den Sohn Gottes fühlte.
Voll Vertrauen auf den Seegen der Vorsehung
begann und endigte er seine Laufbahn mit dem

Ruhme

Ruhme des treuen Lehrers, des zärtlichen Gatten, und des liebevollen Vaters.

Ein solcher Mann verdient ein öffentliches Andenken, dafür spricht das Herz; aber es fühlt um so viel stärker für den Sohn, der durch diese Darstellung der väterlichen Verdienste auf den Beifall des Publikums gerechte Ansprüche hat, und dem es seine Liebe nicht versagen kann, wenn Liebe, Liebe würkt. So viel kindlicher Sinn und so viel kindliche Liebe, verbunden mit dem wärmsten Gefühle für Wahrheit, herrscht durchaus in diesem Lebens = Entwurfe.

Darum bedarf er auch keiner Empfehlung; und darum ist auch meine Versicherung entbehrlich, daß diese Worte keine Vorrede seyn sollen. Aber erwünscht ist mir diese Gelegenheit, öffentlich zu sagen, wie theuer mir das Andenken eines Mannes von diesen Verdiensten sey, wie sehr mir, seinem Nachfolger, solche Lehrer=Sorgfalt meine Lehrer= Pflichten erleichtere, wie lohnend ich selbst das Zu=

trauen

trauen der würdigen Menschen finde, die mit ihrer Liebe die Liebe der Lehrer erwiedern, und wie froh sich mein Herz bei dem Gedanken erhebt: **Gott gibt zur Lehrer Arbeit Gedeihen!**

Frankfurt am Mayn,
den 30ſten März 1792.

Hufnagel.

Wenn

Wenn freilich, ohne Ausnahme, nur derjenige Gelehrte nach seinem Tode eine Lebensbeschreibung verdiente, der in seinem Leben, mit ungewöhnlichen Talenten und ausserordentlichen Kenntnissen ausgerüstet, in dem Gebiete der Wissenschaften neue Felder entdeckte, und ihr Gebiet um ein beträchtliches erweiterte, oder durch mündlichen und schriftlichen Unterricht in den Köpfen eines großen Theils seiner Zeitgenossen grosse Erschütterungen und wichtige Veränderungen bewirkte; dann möchten immerhin Tausende im Stillen das Andenken meines Vaters segnen, und seinen Nahmen noch lange mit dem innigsten Gefühl der Dankbarkeit für das Licht und die Wärme, die er ihnen gab, nennen, aber ein öffentliches schriftliches Denkmahl vor den Augen des Publikums dürfte ihm nicht aufgestellt werden. Und wollte man eben so streng seyn in seinen Forderungen, an den der eine Biographie liefern will, und unerläßlich von ihm fordern,

a

daß er uns nicht nur sage, was der Mann
war, auf welcher Stufe der Kenntniſſe und
der ſittlichen Bildung er ſtand, ſondern auch
wie er das wurde, welche Kräfte des Geiſtes die
Natur in ihn legte, was dieſe in ihm würkte,
ihre Richtung beſtimmte, ihre Fortſchritte beförderte, oder ſie hinderte, ſie bis zu dieſer Stufe der
Vollkommenheit erhob oder von einer höhern
zurückhielt; welche ſittlichen Anlagen die Natur
ihm verlieh, wie dieſe genährt oder unterdrückt,
wie ſie zu Tugenden gebildet, oder zu Fehlern
verbildet wurden; daß er uns nicht nur erzäh-
le, was er in der Welt that und leiſtete, ſondern auch wie und warum er das leiſtete und
leiſten konnte, und warum er nicht noch mehr
leiſtete; daß er uns nicht nur mit ſeinen Schickſalen bekannt mache, ſondern uns auch ſehen
laſſe, was in ihm und auſſer ihm, ihnen dieſe
oder jene Wendung gab, und daß er endlich
dies alles deutlich, lichtvoll und belehrend darſtelle;
dann dürfte — auſſer dem, daß hierzu eine Kenntniß des Mannes erfordert würde, wie ſie nur
ſelten jemand von dem andern hat — von einem
Gelehrten, auch nur ein eben ſo groſer Gelehrter, nur ein Camerarius von einem Melanch-
thon erzählen, und nur wer Garve's ſcharfen ge-
übten Blick in das menſchliche Herz beſäße, eines

andern Character enthüllen wollen; dann hätte ich
auf keinen unglücklichern Gedanken kommen können, als auf den, das Leben meines Vaters zu erzählen, und wäre nie mehr zur Unzeit nachgiebig gewesen, als wenn ich mich jetzt dazu von andern hätte verleiten lassen. — Ich gestehe, ich sehe es gerne,
wenn man in allen Dingen, und besonders in
schriftstellerischen Arbeiten, das Ziel hochsteckt;
wenn man viel fordert, und nicht gleich dem,
der nichts als den guten Willen mitbringt, zu-
gesteht, was man nur dem geben sollte, der
Kraft mit Willen vereinigt. Desto schwerer wird mir's, gleich hier im Eingange, alle Er-
wartungen, die man von einer Lebensgeschichte
sich machen mögte, und zu machen berechtigt
wäre, niederschlagen zu müssen, und zu bekennen, daß ich, so viel ich auch zu geben wünschte,
so gern ich auch die nicht ganz unwichtigen Schicksale meines Vaters recht genau erzählte, sein
großes gutes Herz, seine weitläuftigen gründlichen Kenntnisse, seine unermüdete wohlthätige
Wirksamkeit schilderte, und nach Verdienst
würdigte, doch von dem allen nur sehr wenig zu
geben vermag! Aber, und dies sey meine Entschuldigung, ich hoffe nicht, was ich auch nicht
hoffen darf, daß diese Erzählung von ihm, in
das große Publikum kommen wird. — Nur für

4

euch, die ihr meinem Vater einmal näher wa=
ret, ihn aus seinem Umgang, aus seinen Reden
und Handlungen einigermaffen habt kennen ge=
lernt, in ihm — das darf auch der Sohn sagen —
einen rechtschaffenen, edlen, thätigen Mann ge=
funden habt — für euch, denen er Lehrer, oder
Freund, oder Vater war, und die ihr ihn noch nicht
vergeffen habt — für euch ift diese Erzählung.
Viele von euch wiffen, weil er an verschiedenen
Orten gelebt hat, entweder seine früheren oder
späteren Schickfale nicht, und auch nur einige
nähere Kenntniß von diesen, ift euch willkommen;
oder ihr habt ihn nur in seinem öffentlichen Leben
gekannt, und ihr seht die Achtung, welche diefes für
ihn euch einflößte, durch Nachrichten, welche ihn
in dem häußlichen Zirkel zeigen, gerne in euch
erhöht und beveftigt; oder er war euch in seinem
Leben so theuer und werth, daß ihr euch gerne
auch durch ein schwaches Gemählde von ihm, an
ihn wieder erinnern laßt, und ihr habt ihn auch
so genau gekannt, daß ihr auch in den wenigen
Zügen, die ich von seiner Geftalt entwerfen kan,
ihn wieder erkennet, und ihm noch gerne eine
Thräne der Freundschaft nachweint. Und durfte
ich, wenn ich auch nur etwas von allem diesem
zu erreichen hoffen konnte, durfte ich mich weigern,
das Leben meines Vaters zu erzählen? —

Nach ſolchen Einſchränkungen, die ich dem,
was freilich dieſe Schrift leiſten ſollte, habe geben
müſſen, brauche ich zur Entſchuldigung, daß
dieſe Erzählung erſt ſo ſpät nach ſeinem Tode er-
ſcheint, nichts weiter hinzuzuſetzen, als daß ich
eher, auch die billigſten Forderungen noch weniger hätte erfüllen können, als ich es jetzt zu thun
im Stande bin, daß es mir unmöglich war, ganz
dürftige Nachrichten von ihm zu geben, und daß
es mich auch jetzt noch viel Ueberwindung gekoſtet
hat, einen Abriß ſeines Lebens zu liefern, da ich
ſah, daß dieſer auch jetzt noch ſehr mangelhaft,
und von meiner Hand noch immer nicht, vielleicht nie, ſeiner ganz würdig erſcheinen konnte.

Mit dieſer Erzählung erſcheinen auch von
meinem Vater ſelbſt, die letzten Arbeiten, welche
er, nach einiger Feilung, zum Druck beſtimmt
hatte. Ich entſcheide nicht, ob die Erzählung
ſeines Lebens, dieſer Predigten wegen, oder dieſe
um jener Erzählung willen, gedruckt worden ſind.
Man verlangte beides, ich gab beides. Ohne ſie
für Meiſterſtücke der Beredſamkeit, was ſie nicht
ſind, und wofür auch er ſie nicht ausgab, auf-
zuſtellen, wird es doch manchem angenehm ſeyn,
ihn auch bey dieſer Gelegenheit reden zu hören;

und warum sollten sie gerade in der Reihe der
Wahl- und Krönungspredigten, die vor ihm je-
desmahl gedruckt worden sind, fehlen? — Man
wird gewiß auch hier, seine innige herzliche Wärme für das, was ihm Wahrheit war, und das
Bestreben, es für Herz und Leben brauch-
bar zu machen, nicht verkennen, wenn man auch
über manche Dinge anders, als er, denken sollte.

Um ihn auch in den spätesten Jahren richtig be=
urtheilen zu können, wäre es gewiß sehr wichtig,
den Character seiner Eltern und Erzieher, seinen
frühern Umgang und seine ersten Beschäftigungen,
kurz — die Geschichte seiner frühern Jahre, zu
kennen. Aber dies alles ist gerade was mir am we=
nigsten bekannt ist. Ich kann also hier wenig mehr
thun, als diejenigen Nachrichten aus dieser Perio=
de wiederholen, die er in einigen Aufsätzen selbst,
aber nur sehr kurz, gegeben hat.

Sein Vater war, so wie sein Großvater und
Urgroßvater, Prediger im Sondershäusischen.
Sein Urgroßvater war es in Bodenheilingen, ei=
nem Dorfe in der Unterherrschaft Sondershausen,
wohin er gegen das Ende des dreißigjährigen Krie=
ges aus dem Chursächsischen war berufen worden;
sein Grosvater, der 1697 starb, stand zuletzt in Greuß=
sen, einem Städtchen, und sein Vater in Groseneh=
rich, einem Marktflecken, beydes in eben dem
Theil des Fürstenthums Sondershausen. Seine
Mutter war eine gebohrne Bertuch, Tochter eines
Fürstl. Kammerverwalters in Sondershau=
sen. Von diesen Eltern wurde er 1723 am

28. März gebohren. Wenige Tage nach seiner Geburt, starb seine Mutter. Er war ihr einziges Kind. Nach ihrem Tode nahm ihn sein Grosvater mütterlicher Seite zu sich. Hier blieb er bis zum Jahr 1730, in welchem auch dieser starb. Er kam nun wieder in sein väterliches Haus, und sein Vater besorgte bis zum Jahr 1736, theils selbst, theils durch einige geschickte Privatlehrer, seinen Unterricht.

Er kam durch diesen Unterricht so weit, daß er zu Ende jenes Jahres in die obern Klassen des Gothaischen Gymnasiums konnte aufgenommen werden. Dieser Schule hörten wir ihn immer den grösten und wohlthätigsten Einfluß auf seine Geistesbildung und Kenntnisse danken. Man kan es auch schon von einem Gymnasium, das vorher einen Vockerodt, damals einen Stuß zum Rector hatte, und unter Cyprians wohlthätigem Einflusse stand, leicht vermuthen, daß hier gründliche Kenntnisse zu erlangen waren. Und wer weiß nicht, daß es überhaupt damals in den Schulen mehr auf gründliche, als auf viele und vielerlei Kenntnisse, was jetzt nur auf wenigen Schulen glücklich vereiniget ist, angelegt war? — Ganz in dem guten Ton des damaligen Zeitalters, gab er sich hauptsächlich mit lateinischer und griechischer Philologie ab; und er mußte es darin, unter Lehrern wie Stuß und Heusinger waren, bey eigenen Talenten und Fleiß, sehr weit bringen. Daß es besonders in der lateinischen Philologie geschah, beweißt sein guter lateinischer Stil, den er auch, nachdem er lange von der Beschäftigung mit den Classikern abgekommen war, noch immer schrieb.

Was jeder fühlt, der sich ernstlich mit jenen treflichen Werken des Alterthums beschäftigt, Liebe und Enthusiasmus für dieses Studium, bestimmte ihn, zumahl da einst sein Lehrer Heusinger ihn öffentlich dazu aufgemuntert hatte, sich dem Schulstande zu widmen. Ob er gleich nachher diesen Entschluß nicht ausführen konnte, so hatte er doch nie Ursache es zu bereuen, ihn gefaßt zu haben. Er trieb, seitdem dieser Entschluß nun noch lebhafter in ihm geworden war, römische und griechische Philologie noch ernstlicher. Und gewiß, ausser der Kenntniß dieser Sprachen, der Grundlage alles gründlichen Studirens, und ausser der Vestigkeit und Geschicklichkeit im Erklären, die ihn hernach als Theologen auszeichnete, dankt er gewiß auch dem Umgang mit jenen Idealen des guten Geschmacks, des besten Lehrers der Sittlichkeit, manches edle, hohe und vortrefliche in seinem Character. Denn wer hätte sich je mit Vorliebe mit ihnen beschäftigt, ohne diesen Vortheil zu erhalten? — Im Hebräischen hatten sie damals auf jenem Gymnasium einen Lehrer, dem es mehr um Ve-

urtheilung des Stils der Danzischen Grammatik
galt, als um einen gründlichen Vortrag dieser Sprache selbst. Er half sich einigermassen durch einen
geschickten Privatlehrer.

In Gotha blieb er bis Michael 1740. Er
gieng aber doch noch nicht gerade auf die Akademie,
sondern verweilte bis 1741 bey seinem Vater.
Er sollte, um seinen Blick zu erweitern, das
Feld, das er auf der Akademie genauer kennen lernen sollte, hier übersehen lernen, und, um einst einzelne
Theile desto glücklicher bearbeiten zu können, sich jetzt
mit dem ganzen Umfang seines künftigen Studiums
und dem wechselseitigen Verhältniß seiner einzelnen
Theile bekannt machen. Dieser Vorbereitung hatte er
es zu danken, daß er auf der Akademie nicht den damals, und noch lange nachher, gewöhnlichen Weg so
vieler Theologie Studirenden gieng, auf welchem so
viele nur dogmatisch-polemische Homiletiker, statt
Prediger und Theologen wurden. Irre ich nicht,
so beweißt zugleich diese Veranstaltung, daß sein
Vater, der zwar nur Landprediger war, doch sehr
richtige Begriffe vom Studium der Theologie hatte. — Das Studium der Buddeischen Einleitung
in die Theologie, ein Buch, das noch lange nicht
vergessen zu werden verdient, der Classischen Philologie, die sich leider! auch nach und nach aus-
den Händen junger Theologen verliehret, und der

Schriften des A. und N. T. machten hier größtentheils seine Beschäftigungen aus. Noch hatte er
seinen Plan, sich den Schulstudien zu widmen,
nicht ganz aufgegeben, und er verweilte noch immer gerne bey den Classikern; besonders studirte er
damals Cicero's philosophische Schriften.

So vorbereitet, bezog er Ostern 1741, die
Universität Jena. Auch hier beharrte er noch auf
seinem Lieblingsplan, sich dem Schulstand zu widmen, und nur die dringendsten Vorstellungen seines
Vaters, bestimmten ihn endlich, sich mehr den
Theologischen Wissenschaften zu nähern, und sich
zum Prediger vorzubereiten. Aber auch nun führ-
ten ihn seine philologischen Kenntnisse, und seine
Liebe zu dieser Art Studien, einen treflichen Weg,
und leiteten ihn an so mancher Klippe, an welcher so viele gute Köpfe unter jungen Theologen,
zu allen Zeiten gescheitert sind, glücklich vorüber.
Ohne sich zuvor den Kopf mit Dogmatik überladen,
und dadurch auf immer, sich jedes, nur einigermaß-
sen freien Blicks in der Theologie beraubt zu
haben, trieb er zuerst den philologischen Theil
der Theologie, und beschäftigte sich unter Tympe,
Rechenberger und Pfeiffer mit der Exegese des
A. und N. Testaments. Er genoß also in der ersten Zeit nur so viel Dogmatik, als damals noch,
freilich unglücklich genug, schon unter Exegese ge-

menge war. — Er ſah auch bald wie dürftig
und unbefriedigend die Kenntniß der Hebräiſchen
Sprache, ohne die übrigen orientaliſchen bleiben
müſſe, und lernte auch das Chaldäiſche, Syriſche
und Arabiſche, und zwar, wie noch manche ſeiner Ma=
nuſcripte beweiſen, mit viel Eifer und Genauigkeit.
Freilich konnte er das Studium dieſer Sprachen in der
Folge nicht, eben ſehr ſtark fortſetzen, aber dennoch
war es nicht ohne Nutzen, ihre Grammatik wenig=
ſtens, kennen gelernt zu haben. — Philoſophie ſtu=
dirte er unter Reuſch, Koch und Müller. Aber,
ſollte ich irren, wenn ich die Art des Studiums
der Philoſophie, welche damals Ton war, auch
unter die Klippen rechne, an denen ihn ſeine Liebe zur
Philologie, vorbeiführte? Vier bis ſechsmali=
ge Wiederhohlung metaphyſiſcher und logiſcher Vor=
leſungen, hieß Philoſophie ſtudiren! Und ſollte
nicht ſelbſt die damalige Art der Philoſophie, oder
vielmehr die damalige Art des Vortrags derſelben,
jeden richtigen Blick in der Theologie faſt unmög=
lich gemacht haben? — Doch daß er nicht den ge=
wöhnlichen Weg einſchlug, hinderte nicht, daß er
die wahren Vortheile des Studiums der Philoſo=
phie auf Akademien, Gewöhnung an deutliches
und ordentliches Denken, gewann, und auch die
Leibnitziſche und Wolfiſche Philoſophie ſehr gut
kennen lernte. — Mathematiſche und phyſiſche Vor=

lefungen hörte er bey Hamberger. — Ehe er zu
den Dogmatiſchen Vorleſungen fortgieng, hörte
er bey Walch Kirchengeſchichte, die keinen ihrer Verehrer ohne großes Licht in der Theologie läßt, es ihm
beinahe aufdringt, und Polemik, bey deren Namen
man jetzt, gewiß ſehr mit Unrecht, auf Akademien oft
zurückſchaudert, und die doch ein ſo trefliches
Verwahrungsmittel, vor ſchnellem ſeichtem Ab-
ſprechen und Staunen bey dem Neuen iſt, oder
doch ſeyn und werden könnte. Bey Walch hörte
er dann auch Dogmatik und Moral. Um ſeine
litterariſche Kenntniſſe hatte ein damaliger Adjunkt
Züllich, der viel gereiſet war, eine große Bibliothek beſaß, aber verkannt und unbekannt nur denen ſich mittheilen konnte, die ihn aufſuchten,
viele Verdienſte.

Von ſeinem häußlichen Leben, und ſeinem
Umgang auf der Akademie, ſo wie von ſeinen
Freundſchaften, die ſich hier am feſteſten knü-
pfen, iſt mir ſehr wenig genaues bekannt. Für
ſeinen Fleiß zwar bürgen die reichen Früchte,
welche dieſe Jahre in der Zukunft bey ihm brachten,
für ſeine häußliche Ordnung, die herzlichen und zufrie-
denen Briefe ſeines Vaters, und für beides, ſo
wie überhaupt für ſein ganzes Betragen auf der Akademie, das Verhältniß, in welchem er mit dem
Kirchenrath Walch ſtand. — Es iſt immer Beweiß,

nicht nur für den wissenschaftlichen Eifer, sondern
auch für den sittlichen Charakter eines Studirenden, wenn er den Umgang seiner Lehrer
sucht; und es kann gewiß nur dem sehr fleißigen,
und in aller Rücksicht unbescholtnen, tadellosen
jungen Mann gelingen, sich in dem Umgang eines Lehrers von Walchs ernsthaftem, frommem
Charakter, nicht nur zu erhalten, sondern ihn auch
bis zur Freundschaft zu erhöhen. Da er auch drei
Jahre lang in dem Walchischen Hause wohnte,
so konnte er um so mehr den Umgang und die
Bibliothek des für ihn und die ganze gelehrte
Welt unvergeßlichen, ehrwürdigen, vortreflichen
Mannes, benutzen. Ehe er Jena verließ, dankte
er seinem Vater, der eben das sechzigste Jahr
angetreten hatte, in einer Abhandlung *de anno
sexagesimo Judæis sacro.*

In Jena blieb er drei und ein halbes Jahr.
Für die damaligen Zeiten eine kurze, für die jetzigen
eine sehr lange Zeit! Sein Plan war nach Halle
zu gehen; man widerrieth es ihm aber, weil die
bekannte Liebhaberei des damaligen Königs in
Preussen, wegen seiner ungewöhnlichen Größe, manches für ihn besorgen ließ. Aber auch in jener
mäßigen Zeit, und ungeachtet er nur zum Predi-
gerstand sich vorbereitet hatte, und die Stelle seines
Vaters einst zu erhalten, damals das höchste Ziel seiner

und seines Vaters Wünsche war, so hatte er sich doch in seinen Studien nicht blos auf diejenigen Theile der Theologie eingeschränkt, welche zunächst Einfluß auf die Geschäfte des Predigers, oft nur auf das Predigtmachen haben, oder für das Examen gelernt werden, sondern, eingedenk des engen Bandes, das alle theologische Wissenschaften verbindet, und des Lichts, das ein jeder Theil auf den andern wirft, und schon ehe er die Academie bezog, von der Wichtigkeit der Kenntnisse, die man unter die Vorkenntnisse eines Theologen rechnet, überzeugt, hatte er sich immer im Besitz dieser Vorkenntnisse, besonders der Philologie, erhalten, und alle Theile der Theologie nach ihrer Wichtigkeit, ihrem gegenseitigen Einfluß und ihren Quellen kennen gelernt. Aber so fehlte es ihm auch, nachdem er die Academie verlassen, bis in sein höchstes Alter, nie an Lust und Kraft fort zu studiren; so blieb er selbst nie in seinen Kenntnissen und Aufklärungen stehen, und nicht ganz hinter seinem Zeitalter zurück; so war er, ob ihn gleich manche Schritte seiner Zeitgenossen in seinen letzten Jahren — gewiß sehr verzeihlich! — zu gewagt schienen, doch weit toleranter und schonender gegen anders Denkende, als viele in seinen Jahren und aus jener Periode; so war er endlich nicht blos ein guter Prediger auf dem Dorf und in kleinern Städten, son-

dern konnte auch in höhern Stellen und in einem
größern Wirkungskreiß arbeiten, nutzen und sich
in Achtung erhalten.

Ehe ich meinen Vater in diesem Abschnitt
seines Lebens verlasse, kann ich mich nicht überwinden, einige Gedanken zu unterdrücken, die
sich mir immer aufdringen, so oft ich die Me-
thode zu studiren, die er und alle, die als Prediger groß geworden sind und genützet haben, mit
dem vergleiche, was man jetzt so oft über Studien und Kenntnisse des Predigers schreibt, und
wie man sie noch öfter von angehenden Predigern
behandelt sieht.

Man hat, und das mit Recht, das Populärpredigen zum Ziel des Predigers gemacht, aber
man glaubt, um dieses zu erreichen, nicht viel
mehr zu wissen nöthig zu haben, als die wissen,
denen man populär predigen soll; und vergißt, daß
vom Populärpredigen gerade das und mit noch
mehrerem Rechte gilt, was Bürger von der Popularität der Poesie, als des Siegels ihrer Vollkommenheit, sagt, — daß sie nicht für Gelehrte ist,
aber nur von Gelehrten erreicht werden kann.
Man fahre nur fort, künftigen Predigern das Ziel
recht nahe zu stecken, und befreie sie von allem, was scharfes Denken und anhaltenden Fleiß
erfordert! Man spreche sie nur immer mehr los
von

von dem Studium der alten Sprachen, weil sie
nicht hebräisch, griechisch und lateinisch predigen
sollen; man sage ihnen nur recht oft vor, daß sie Grie-
chen und Römer nicht zu studiren brauchten, weil
man deutsche Classiker habe; man nehme ihnen nur
das Studium der Exegese immer mehr ab, weil
man die Commentare zu hunderten zählen könne; man
schränke nur ihr Studium der Philosophie immer mehr
ein, auf Studium der Moral, oder auf Lesung popu-
lärer Zeitschriften voll leichter Lebensphilosophie,
weil leicht ein tieferes Studium der andern Theile
der Philosophie der Popularität schaden könne;
man predige ihnen nur recht oft vor, daß das Studium der Kirchengeschichte ganz unnütz sey, weil
man sie doch nicht in dem traulichen populären Gespräch unter der Dorflinde brauchen könne; man
gebe nur ferner recht oft solche heilsame Rathschlä-
ge, und befolge sie recht gewissenhaft, und studire
statt Philologie und Exegese, Philosophie und
Kirchengeschichte, Pathologie und Ruralmedicin,
Oekonomie und Botanik, oder man mache
sich's noch bequemer, und studire weder dieses
noch jenes, und lasse sich an seichter Kenntniß phi-
losophischer und theologischer Moral und Zeitschriften = Lectüre genügen; und man wird zwar nicht
mehr alte Dogmatik, aber desto mehr leichtes, tän-
delndes, faselndes Geschwätz auf den Kanzeln hören.

man wird die Prediger endlich ganz aus den gelehrten
Ständen verweisen, und ihnen, — da zur Freude je=
des verständigen Predigers, Ehrerbietung für das
Aeussere ihres Standes sich immer mehr verliehrt —
wenn Kenntniße sie nicht mehr über den gemei=
nen Mann erheben, und sie achtungswerth
machen, bald alle Achtung entziehen. Man
sollte doch bedenken, daß zu jeder guten
Predigt, — das ist doch wohl zu einer Rede,
im ganzen Sinne des Worts, die entweder eine
Religionslehre auf ihrer moralischen und practi=
schen Seite, oder einen Satz aus der Moral, auf
seiner religiösen Seite, aus religiösem Gesichts=
punkte, zeigen soll, — daß dazu nicht nur viel tiefe,
sichre, helle Kenntniß der philosophischen, und aus den
Quellen geschöpfte Kenntniß der christlichen Religion,
bis auf die ersten Grundsätze zurückgeführte Kennt=
niß der Moral, viel Kenntniß des Menschen
und der Geschichte — nicht eben weil gerade alles
das in jeder Predigt vorkommen müsse, aber
weil es in jeder zum Grund liegen muß — er=
fordert werde, sondern auch viel richtige und
tiefe Kenntniß der ersten Grundsätze des Ge=
schmacks und mannigfaltige und angestrengte Ue=
bung desselben, unumgänglich nöthig sey! — Der
edle Salzmann ruft irgendwo sehr richtig aus:
Hört Staatsmänner! Laien nehmt es zu Ohren,

Zollikofer, der mehr als tausend gewöhnliche
Prediger Gutes gestiftet hat, war nicht orthodox!
So möchte ich auch ausrufen: Hört Prediger,
und wer es einst zu werden wünscht! Zollikofer,
der unvergeßliche, nie genug zu preisende Zollikofer,
war tiefer Kenner der Philosophie, liebte und
trieb das Studium der ältern und neuern Sprachen, war gewiß auch nicht unbekannt mit dem
Gang, welchen Religion unter den Menschen von jeher genommen hat; sonst hätte er nicht so wahr und
so gedankenreich, so deutlich und so geschmackvoll
in seinen Vorträgen seyn können, sonst hätte er nie
einen so weisen Plan in dem Maaß der Aufklärung,
die er durch seine Reden zu verbreiten suchte, und
verbreitet hat, befolgen können! — Und was
Jerusalem und Spalding und Teller und Dö-
derlein und Reinhard und Rosenmüller und
so manche andere, die ich nicht alle nennen kann,
oder die hier zu nennen mir Bescheidenheit verbietet;
was alle diese sind und waren, die gründlichen, vortreflichen, bewunderten, nützlichen Prediger, das sind
sie durch Studium der Philosophie, Philologie und
Geschichte geworden! — Und wenn wir auch nie
dahin gelangen werden, wo jene Muster sind, so
müssen wir doch alle dahin gelangen wollen! —
Und wer dazu keinen Trieb in sich empfindet, wem
nicht das Herz bey solchen Mustern glüht, wer

nicht heißes Verlangen fühlt, den Weg zu wandeln,
auf dem sie es wurden, der ist zu allem andern,
nur nicht zum Prediger, gebohren! Denn ge=
wiß der geringste Dorfprediger wird ein desto
nützlicherer, besserer Prediger seyn, je näher er, in
seiner Art, jenen Mustern kommt! —

Mehr will ich nicht hinzusetzen. — Vielleicht
war auch das schon viel zu viel. — Aber man ver=
zeihe mir: es hat ja jeder Mensch gewiße Ideen, die so
mit seinem ganzen Gedankensystem verwebt sind, daß
sie sich bei der entferntesten Veranlassung, unwider=
stehlich hervordrängen. Freilich fühle ich wohl,
daß dieß manchem nicht an seinem rechten Ort zu
stehen, scheinen wird, oder daß es doch weit schö=
ner und stärker hätte gesagt werden können. Ich
will also hier die Nahmen Spalding, Mösele
und Koppe nennen, und wenn ich dadurch Ver=
anlaßung werde, daß ihre unschätzbaren Schriften
über Predigtamt, Studien des Predigers, und
Popularität im Predigen, auch nur einen Leser
mehr finden, so glaube ich auch den strengsten
Richter für meine schriftstellerische Sünde versöhnt
zu haben. — Ich kehre zu meinem Vater zurück!

Er war nicht in der Absicht zu seinem Vater
zurückgekehrt, um bey ihm zu bleiben. Er woll=
te auswärts Informationen annehmen. Die

Schwächlichkeit seines Vaters hielt ihn zurück. Er blieb bey ihm, und unterstützte ihn in seinem Amte. Doch lies er sich durch Predigten, die er hier für seinen Vater und an andern Orten für Andere hielt, nicht alle Zeit zur Fortsetzung seiner theologischen Studien rauben. Er hatte jene Studien zu lieb gewonnen, und durch seinen academischen Fleiß zu glücklich besiegt, was am fortstudiren ihn hätte hindern können. Er studirte besonders alt- und neu testamentliche Exegese. Mit welchem Fleiße und Genauigkeit, beweisen die an sein hebräisches und griechisches Testament beygeschriebenen eigenen und fremden Anmerkungen und Erklärungen.

Unter andern aber hatte er einigemal in Greussen, das nicht weit von dem Wohnort seines Vaters lag, mit Beifall gepredigt. Der dortige Diaconus starb. Auf Ersuchen des dortigen Raths und der Bürgerschaft, hielt er bey seinem Fürsten um die erledigte Stelle an; jene unterstützten sein Gesuch, der Fürst gewährte es ihm, und er trat hier im Jahr 1748 das Diaconat an.

Im folgenden Jahr verheurathete er sich mit einer gebohrnen Menselin. Diese neue Verbindung und die Liebe seiner Gemeinde, ließen ihn nicht so bald eine Veränderung wünschen und hoffen, als sie erfolgte. Denn noch in eben dem Jahr verließ er Greussen.

Es war damals das Diaconat an der Predi=
gerkirche in Erfurt ledig geworden. Einige Mitglieder
der Predigergemeinde hatten meinen Vater auf ihrer
Durchreise durch Greussen predigen gehört. Diese
machten die Gemeinde auf ihn aufmerksam. Man
schickte noch mehrere Gemeindeglieder hin, um ihn
zu hören. Auch ihren Beifall erhielte er, und
wurde darauf von der Gemeinde zu ihrem Predi=
ger erwählt. Der Rath in Erfurt verwendete
sich bey dem Fürsten in Sondershausen für seine
Entlassung, und die Predigergemeinde erbot sich
freiwillig zum Ersatz aller Unkosten, die man in
Greussen wegen ihm gehabt hatte. So bekam
er seine Entlassung, und hielt am 18. Sonntag
nach Trinitatis im Jahr 1749 seine Antrittspre=
digt in Erfurt.

Sein reger thätiger Geist fand hier einen
größern, ihm angemessenern Wirkungskreiß. Sei=
ne Gemeinde war weit größer als die vorige, zu
ihr gehörten viele der angesehensten gebildetesten
Familien, sein Amtsgehülfe Lozze, der erste
Prediger der Predigergemeinde, und bald
darauf auch Senior des Ministeriums, *)

---

*) Zu dieser Würde, die er 1750 erhielt, wünsch=
te mein Vater ihm Glück in einer Abhandlung:
Meditatio de summa summi numinis sapientia in dilectu legatorum sacrorum quam ma-

war ein junger, thätiger, vortreflicher Mann, man hatte ihn mit so vieler Liebe und Zutrauen aufgenommen; und um nun auch jener großen Gemeinde vorzustehen, auch jene Familien in seinen Arbeiten zu befriedigen, hinter seinem Collegen nicht zurückzubleiben, jene Liebe sich zu erhalten, und jenes Zutrauens sich würdig zu beweisen, muste er alle seine Kräfte aufbieten. Der Erfolg zeigte mit welchem Glück. Er sah seine Gemeinde immer weiter fortrücken, er erhielt sich ihren Beyfall und ihre Liebe, und das Zutrauen und die Freundschaft seines Amtsgehülfen nahm zu.

So viel er auch schon als Prediger zu thun hatte, so wuste doch der rastlos thätige, veste Mann auch Zeit und Kräfte übrig zu behalten, um seine gelehrten theologischen Studien fortzusetzen, und durch Unterricht, den er in theologischen Wissenschaften ertheilte, seine Kenntniße dieser Art zu vermehren. Er fieng seit 1754 an, einigen Kandidaten des Ministeriums Privatvorlesungen über

---

xime conspicua, ad Matth. XI. 25. — Ich werde in der Folge den Innhalt seiner Schriften in der Erzählung nur kurz angeben; ihre vollständigen Titel wird man in dem Verzeichniß seiner Schriften an dem Ende der Lebensgeschichte finden.

die Bücher des neuen Testaments zu halten. Man bemerkte bald seinen Eifer und seine Kenntnisse. Da nehmlich um diese Zeit in Erfurt und Mainz daran gearbeitet wurde, der gesunkenen Erfurter Univerſität wieder aufzuhelfen, that man auch ihm den Antrag öffentlich theologiſche Collegia zu leſen. Er nahm es an, und kündigte durch eine Abhandlung über Joh. 14, 7. seine Vorleſungen an.

So war sein Aufenthalt in Erfurt nützlich für ihn und für Andere. — Aber er machte auch nach seinem eigenen Geſtändniß die angenehmſte Zeit seines Lebens aus. Kein Wunder! Er war so geschaffen, um in den Freuden des Umgangs und der Freundschaft das schönſte Glück des Lebens zu finden! Auch in den letzten Jahren seines Lebens, wo schmerzhaftes Gefühl seines Körpers ihn nie verlies, war er gern unter Menſchen, und unter ihnen vergaß er sehr leicht alles, was oft so schwer ihn drückte! — Und jener Aufenthalt fiel in die schönſte Zeit seines Lebens, in die Jahre vom fünf und zwanzigſten bis zum sechs und dreißigſten! — Sein Körper hatte noch seine ganze Stärke, sein Geiſt noch jugendliche Munterkeit, es waren noch die Jahre, wo sich vertraute Freundschaft schließen läßt! Er war würdig Freunde im schönſten Sinn des Worts zu finden, und er fand sie auch hier. Sie giengen faſt alle vor ihm hinüber.

Die Thränen, die er ihnen bey ihrem Todte und noch
lange hernach ihrem Andenken weihte, bewiesen was
sie ihm in ihrem Leben gewesen waren. Der letzte,
der vor ihm starb, war Hofrath Heß; was er
bei der Nachricht von seinem Tod empfand, war uns
allen sehr rührend. Am innigsten scheint seine
Freundschaft mit dem Silberischen Hause und seinem Amtsgehülfen dem Senior Lozze gewesen zu
seyn. Aber eben dies schöne Band, das für beide
um so rühmlicher war, weil Lozze anfangs gegen meinem Vater eingenommen war, wurde am frühsten getrennt. Lozze starb als mein Vater noch in Erfurt war.

Schon vor diesem Verlust hatte ihm,
während seines hiesigen Aufenthalts, der Todt
schon mehrmalen sehr tiefe Wunden geschlagen.
Bald nach seiner Ankunft i. J. 1750. starb sein
Vater. Nicht lange darauf verlohr er seine Gattin
und nach und nach drei seiner Kinder. Es blieb ihm
da er wegzog, nur noch ein Sohn übrig. Aber
auch dadurch hatte Erfurt nichts bei ihm verlohren.
Der Ort wo er Freunde gefunden, die seinen Schmerz
so redlich mit ihm getheilt hatten, und der nun
auch die Leichname seiner Geliebten umschloß, wurde ihm dadurch nur noch theurer und unvergeslicher.

Vielleicht wäre eine Begebenheit, auf
die auch Herr Doctor Bahrdt in seiner
Lebens-Beschreibung anspielt, und die hier

b 5

ſtehen mag um ſie etwas vollſtändiger bekannt zu machen, im Stande geweſen, ihm das Andenken an
Erfurt zu verbittern, wenn er ſich dabei weniger
offen und gerade betragen hätte, wenn ihr Ausgang für
ihn minder ehrenvoll geweſen wäre, und ſie ihm
nicht Gelegenheit zu einer guten Handlung gegeben
hätte. Sie fiel gegen das Ende ſeines dortigen
Aufenthalts vor — Er hatte ſich kurz vor ſeinem
Abzug von Erfurt mit der älteſten Tochter eines
Kaufmann Fratſchers verſprochen. Da alles ſchon
richtig war, fanden es gewiſſe Leute ihrem Intereſſe
gemäß, ſeine Braut von ihm abzuziehen. Den
Vorwand muſte ſeine Größe hergeben. Sie trat
zurück, und er ſchenkte die 600 Thaler Strafe, die
ſie erlegen mußte, dem Waiſenhauſe.

Zu Anfang des Jahrs 1765. war der Superintendent Erneſti in Arnſtadt geſtorben. Man trug
von Sondershauſen aus, meinem Vater durch den
Herrn von Beulwitz, den er ſchon vorher kannte,
und der auch in der Folge mit ihm einen beſtändigen
Briefwechſel unterhielt, der, für einen Juriſten uner-
wartet große theologiſche Kenntniſſe und viel Wärme
für Religion verräth, jene erledigte Superintenden-
tur an. Er hatte den Ruf angenommen, und ſchon die
Gaſtpredigt in Arnſtadt gehalten, als ſein Freund
Lozze ſtarb. Die Gemeinde wählte ihn nun zu
deſſen Nachfolger. Ein ſchöner Beweiß ihrer Lie-

be und ihres Zutrauens! Er fühlte und erkannte
ihn. Ohngeachtet ihm in Arnstadt ein noch grösse-
rer Würkungskreis sich öfnete, jene Stelle ihm
auch mehr Einkommen versprach, und ihn wieder
in sein Vaterland zurückführte, so erbot er sich dennoch bei seiner Predigergemeinde zu bleiben, wenn
man von dem Fürsten von Sondershausen es erhalten könnte, daß dieser ihn von seinem gegebenen
Worte entbände. Die Predigergemeinde hatte
schon eine Supplick an den damals regierenden
Fürsten geschickt, als dieser in Frankfurt starb.
Sein Nachfolger bestätigte die Wahl seines Vor-
fahren, und erwartete nun auch von meinem Vater
die Erfüllung seines Versprechens. Er folgte. Zu
Anfang des Jahrs 1759. verließ er Erfurt. Er
konnte nie ohne Rührung an seinen Abschied denken, und immer war es bei ihm grosse Empfehlung
aus Erfurt zu seyn, oder nur von Erfurt zu
kommen.

Seine Liebe, seine Treue, sein Eifer für seine
bisherige Gemeinde und das Zutrauen und die Ge-
genliebe die er sich auch bei ihr dadurch erworben
hatte, verdienten es, daß er in Arnstadt das wieder
fand was er verlohren hatte. Und er fand es auch.
Er fand eine Gemeinde die ihn mit offnen Armen
empfieng, die ihm ihre Liebe und Zutrauen schenkte
und mit jedem Jahr seines Aufenthalts bei ihr, es

erhöhte, die ihn auch nach vielen Jahren, nachdem er sich von ihr entfernt hatte, nicht vergaß, in welcher gewiß bei seinem Tode manche Thräne floß, und die ihn auch nach seinem Tode nicht so bald vergessen wird! Er hatte viele Freunde verlassen, aber auch in Arnstadt fand er Männer, die Kenntnisse und Gelehrsamkeit genug besaßen, um Geistesgemeinschaft mit ihnen unterhalten zu können, und edel und gut genug dachten, daß ein Mann von seiner guten, redlichen, edlen Denkungsart sich an sie anschließen konnte. Vielleicht daß der Gang der Erzählung mich darauf führt einige von ihnen zu nennen, aber wenn ich sie auch nicht nenne, so wird ihr Herz ihnen sagen was sie ihm und er ihnen war.

Hier konnte er auch viel Gutes thun, und für ihn bedurfte es mehr nicht als es thun zu können, und er that es auch. Seine Stadtgemeinde, die unter ihm stehenden Landgeistlichen, das dortige Gymnasium, und die Armenanstalten erfuhren seinen wohlthätigen Eifer.

Durch die Gewissenhaftigkeit mit welcher er sein Amt als Prediger verwaltete, durch die Treue und Geschicklichkeit mit welcher er, der so glücklich Ernst mit Sanftmuth zu verbinden wußte, jede Pflicht des Seelsorgers erfüllte, durch die Würde mit welcher er lebte und die er am wenigsten durch

Eigennuß befleckte, war er nicht nur Lehrer sondern auch Vater und Freund und Muster seiner Gemeinde, und machte sich nicht nur um ihren Geist, den er belehrte und erleuchtete, sondern auch um ihr Leben, das er durch sein Beispiel leitete, verdient. Vielleicht kann auch folgende Anekdote beweisen, daß er seiner Gemeinde mehr noch als Prediger zu seyn suchte, daß er nicht nöthig fand sich von seiner Gemeinde entfernt zu halten um einen Heiligenschein um sich zu werfen, und zugleich zeigen, wie sorgfältig er jede Gelegenheit ergriff, Vorurtheile zu verdrängen. — Es hatte sich eine Frau in einen Brunnen gestürzt der nicht gar weit von seinem Hause stand. Es war schon Nacht; so bald er es erfuhr, eilte er hin. Sie schwamm im Brunnen und eine Menge Menschen standen unthätig umher. Er merkte daß die Besorgniß durch die Berührung der Ertrunkenen unehrlich zu werden, ihnen die Hände band. Nun wohl, sagte er, so will ich denn unehrlich werden! — und griff zu. Nun fiel alles zu; man zog sie heraus, aber für ihr Leben zu spät. Er sorgte in der nächsten Predigt dafür, seiner Handlung noch mehr Nachdruck zu geben, jenes Vorurtheil zu zerstöhren.

Als Superintendent hatte er die Aufsicht über eine ziemlich grosse Anzahl Dorfgemeinden. Die Achtung der Prediger bey ihren Gemeinden zu sichern,

und zwischen ihnen und ihren Gemeinden Ruhe und
Frieden zu erhalten, war immer sein gröſtes Be-
ſtreben. Es gelang ihm, weil er beider Zutrauen
beſaß, welches er beſonders bei einer allgemeinen
Beſuchung der Kirchen in der ganzen obern Graf-
ſchaft, die er bald nach ſeiner Ankunft vornehmen
mußte, gewonnen hatte. Nie traten daher
Unzufriedenheit oder Beſchwerden zwiſchen beiden
Theilen ein, daß er nicht ihre Zuflucht war, und
meiſtens ſtellte er die Einigkeit wieder her, ohne die
Sache für eine höhere Inſtanz zu bringen und dadurch beide Theile noch mehr zu trennen.

Auch um das Arnſtädter Gymnaſium machte er
ſich auf mehr als eine Art verdient. Er ſelbſt
hatte wöchentlich in der obern Claſſe eine Lection in
der Theologie zu geben. Er eröfnete ſeine Lectionen mit einer Abhandlung über Ap. Geſch. 17, 31.
und hielt ſie in der Folge ſtets mit der gröſten Ge-
wiſſenhaftigkeit. Ihm hauptſächlich dankt auch
die Schule ihren noch lebenden verdienten Rector
Lindner, der im J. 1764. von Langenſalz dahin
berufen wurde. Und da dieſer gleich von Anfang
ſein Freund war und blieb, ſo konnten ſie mit ver-
einten Kräften viel für die Schule thun! —

Unter dem was er für Arnſtadt that, gab ihm
das was er zur Verſorgung der Armen und Wai-
ſen beigetragen hatte, immer die ſüſſeſte Erinne-

rung. Es waren zwar schon vorher einige, aber nur sehr wenige, Waisenkinder in einem Neben-gebäude des Hospitals erhalten und erzogen wor-den. Es waren auch schon einige Vermächtnis-se für ein neues Waisenhaus vorhanden, aber sie waren doch nicht allein hinreichend. Es mußten, um ein neues Gebäude aufzuführen und eine neue Einrichtung zu treffen, neue Quellen eröff-net, das Ganze mit Klugheit und Muth unter-nommen und mit ausdauernder Standhaftigkeit ausgeführt werden. Es bedurfte ein paar Män-ner von der unermüdeten Thätigkeit und dem un-widerstehlichen Enthusiasmus für ihre Sache, wie er und sein vornehmster Gehülfe bei dem ganzen Werk, ein Herr von Raufberg, waren. Diesen beiden, in Verbindung mit einem sehr geschickten Bau-verständigen, und von dem Fürsten und Arnstadts Bürgern unterstützt, gelang es, ein ziemlich grosses, geschmackvolles, sehr gut einge-richtetes Hauß zu erbauen, die Anstalt so einzu-richten, daß für den Körper und Geist der Kin-der gleich gut gesorgt und ihr durch einige glück-lich gewählte Mittel, ohne grossen Fond, durch sich selbst, veste Consistenz gegeben wurde. Er widmete, so lang er in Arnstadt war, der ganzen Anstalt väterliche Sorgfalt.

Erſt im Jahr 1766, ſey es nun daß ihn
der unangenehme Ausgang ſeiner Erfurter Heu-
rathsgeſchichte abgeſchreckt, oder ſein Amt und
beſonders ſein Waiſenhaus ihn zu ſehr beſchäftigt
hatte, erſt im Jahr 1766. dachte er daran ſein
einſames Leben aufzugeben. Er verheurathete ſich
mit der jüngſten Tochter ſeines verſtorbenen Vor-
fahren Erneſti, die ihn auch durch ſein ganzes
übriges Leben hindurch, bis an ſein Grab be-
gleitete! —

Er hatte ſchon zwölf Jahre in Arnſtadt gelebt und auſſer jener Schrift bei dem Anfang
ſeiner Lectionen im Gymnaſium, einer kleinen
Gratulationsſchrift an ſeinen Lehrer Walch, der
kleinen Vorreden zu den jährlichen Waiſenhaus-
Nachrichten, einigen einzelnen Gelegenheits-
Predigten und einer neuen Ausgabe des
Geſangbuchs, nichts drucken laſſen. Er
wollte erſt ſeine nähern und heiligern Pflichten gegen ſeine Gemeinde erfüllen, ehe er für
auswärtigen Ruhm ſorgen wollte, und dann auch
durch unausgeſetztes Studiren zur ſchriftſtelleri-
ſchen Laufbahn ſich noch mehr vorbereiten. Er
glaubte ſich weder zu alt, noch als Superintendent über ſolche Studien lange hinaus, um noch
hier, beſonders auf Anrathen des D. Erneſti,
ein

ein ernstliches Studium der Siebenzig und der Apo=
cryphen anzufangen. Es wäre ihm freilich gewiß
sehr vortheilhaft gewesen dies früher gethan zu ha=
ben; aber wie wenig hatte man vor Ernesti das
richtige Verhältniß der Siebenzig zum N.T. gekannt,
und ihnen den Fleiß gewidmet der ihnen von jedem,
der mit eigenen Augen im N. T. sehen will, gebührt!
Beides gilt auch, fast noch mehr, von den Apocry=
phen. Er verdient also nicht Tadel daß er erst jetzt,
sondern Lob, daß er noch jetzt dieses Studium anfieng.

Nach solchen Vorbereitungen, trat er im
Jahr 1770 seine schriftstellerische Bahn mit
dem Bibelfreund an. Richtiges Verstehen der
Bibel allgemeiner zu machen, war sein Zwek,
welchen er durch gründliche und deutliche Er=
klärungen zu erreichen suchte. Anfangs nahm er,
seinem Plan gemäß, auch fremde Arbeiten auf; doch
waren in den erstern Theilen bei weitem die meisten,
und in den folgenden alle, Abhandlungen von ihm.
Er erhielt von den angesehensten Theologen das
Lob eines ordentlichen, gründlichen, gelehrten
selbstdenkenden Exegeten, und dies wird ihm gewiß
immer bleiben. Sollte man auch jetzt oft andere
und auch wohl richtigere Erklärungen haben, so ist dies
mehr Folge eines ganz andern und richtigeren Ge=
sichtspunkts, aus welchem man die biblischen Bü=
cher jetzt, besonders seit Semler und Eichhorn

c

anzusehen gewohnt ist, als Mangel an richtiger grammatischer Interpretation und eigenem freien Nachdenken von seiner Seite. Damals konnte er nicht ganz dem Verdacht der Neuerungssucht entgehen! —

Er stiftete durch dies Buch viel Nutzen bey andern. Er war in den Zeiten der bessern Exegese, wo ich nicht irre, der erste Exegetische Schriftsteller, welcher richtigeres Verstehen der Bibel auch andern als Gelehrten von Profeßion möglich zu machen suchte; und die große Anzahl Leser, welche sein Buch auch unter Ungelehrten, wenigstens Nicht-Theologen fand und noch hat, beweißt, daß er einem allgemeinen großen Bedürfniß sehr glücklich abgeholfen hat.

Aber auch für ihn selbst hatte es sehr gute Folgen. Er kam durch dieses Unternehmen und seine glückliche Ausführung nicht nur mit den angesehensten Theologen, sondern auch — was seinem guten, für Religion so warmen Herzen noch mehr werth war — mit so manchem rechtschaffenen, denkenden Landprediger, und so manchem aufrichtigen Bibelverehrer, aus allen, auch den niedrigern, Ständen, in Verbindung; und sah sich durch ihren ungeheuchelten herzlichen Dank, für das Licht, das er ihnen gegeben hatte, aufs schönste belohnt. Zugleich war es auch sein Bibelfreund, der ihm den

Weg zu der höhern Stelle bahnte, die er nun bald einnehmen sollte.

Zu Anfang des Jahrs 1773 war in Frankfurt der bisherige Senior Plitt gestorben. Durch seinen Bibelfreund auf das vortheilhafteste bekannt, und durch den verstorbenen D. Benner in Gießen empfohlen, erhielt er den Ruf nach Frankfurt als Senior. Er freute sich des neuen weitern Wirkungskreises, auf welchen er durch seine bisherigen Schicksale und Arbeiten so gut war vorbereitet worden, und nahm den Ruf an; so viel auch auf der andern Seite der Entschluß, Vaterland, Freunde, Anverwandte und eine Gemeinde, die ihn so sehr liebte, und in welcher er mit so viel Nutzen arbeitete, zu verlassen, seinem Herzen gekostet haben mag. Einige Jahre vorher, da man ihn nach der Reichsstadt Mühlhausen zum Superintendent verlangt hatte, hatten ihn diese Gründe zurückgehalten.

Ehe er jene Stelle in Frankfurt antreten konnte, mußte er vorher die Doctorwürde annehmen. Er that es in Göttingen, und schrieb deswegen seine Abhandlung de theologia populari.

Vor seiner Abreise aus Arnstadt, hatte er noch einen harten Kampf mit der Liebe seiner Gemeinde zu kämpfen, der ihm schwerer ward, als

er selbst ihn sich gedacht hatte, und der fähig ge=
wesen wäre, ihn in seinem Entschluß, sie zu ver=
laffen, wankend zu machen, wäre es jetzt noch
Zeit gewesen umzukehren. So, gestand er am
Tage seines Abschieds seinen lieben Arnstädtern
selbst, hätte ich nicht geglaubt, geliebt zu wer=
den! Ich weiß, man erinnert sich in Arnstadt
noch der Rührung, die seine Gemeinde bey seiner Ab=
schiedsprebigt ergriff. Unter Thränen und Umar=
mungen wand er sich von seinen Freunden und lieben
Mitbürgern los! — Ich weiß wohl, es ist nichts uner=
hörtes, daß der Abschied eines Lehrers schmerzt.
Aber immer blieb ihm jener Abschied seelige Er=
innerung, nie sprach er ohne Rührung davon,
und, man muß mir's verzeihen, ich bin stolz dar=
auf, daß mein Vater in einer so guten Stadt so
geliebt wurde! Er verlies Arnstadt mit seiner
Gattin, seinem ältesten Sohn von der ersten Ehe,
der in dem Jahr vorher von der Akademie zurück=
gekommen war, und mit drei Kindern seiner
zweiten Ehe.

Im October 1773 kam er nach Frankfurt.
Er kannte hier vor seiner Ankunft persönlich nie=
mand, und nur den würdigen Mann, den dama=
ligen Senator Ettling, der sich, nach erhaltenem
Ruf, seiner Angelegenheiten mit der größten Sorg=
falt angenommen hatte, und nun auch mit ihm

ruht, etwas genauer aus Briefen. Aber es gieng
ihm hier wie es ihm schon vorher in Erfurt und
Arnstadt gegangen war, und es jedem guten
Menschen überall geht — er findet überall wieder
gute Menschen, in deren Umgang er sich erholen
und erheitern kann, die Freude und Leid mit ihm
theilen. Mit einigen war er so vertraut und
innig, als es seine Jahre, die sich nun schon dem
Alter näherten, und seine Geschäfte, welche ihm,
zumal bey der Gewissenhaftigkeit, mit der er jedes, auch das kleinste, verrichtete, seine ange-
strengtesten Kräfte und fast alle seine Zeit koste-
ten, erlaubten.

Schon als Prediger und Seelsorger, als
Beisitzer des Consistoriums, als Vorsitzer des
Predigercollegiums, hat der Senior viel Arbeit;
aber eben so viele Mühe und fast noch mehr
Zeit muß er so vielen kleinern Geschäften widmen,
die von vielen Seiten auf ihn losdringen. Ich
glaube zwar, daß es manchem Leser nicht unange-
nehm seyn würde, auch von diesen kleineren Arbeiten meines Vaters Nachricht zu bekommen;
von so manchem, was er für dieses und jenes
Collegium, von welchem er Mitglied war, arbeitete, von so vielen Pastoralantworten, die er,
von vielen Orten her befragt, ertheilte, von so
vielen Fällen, worin er einzelne Prediger und

ganze Gemeinden, die sich in ihren Angelegenheiten
an ihn wandten, mit Rath und That unter=
stützte, und von so manchen kleinen litterärischen
Arbeiten, die man ihm auftrug. Aber diese klei=
neren Geschäfte, ob er gleich durch manche der=
selben nicht geringen Einfluß, auf manches, was
zu seiner Zeit geschah, hatte, und sie gewiß gros=
ses Licht auf seinen Character werfen müßten,
mußten mir doch gröstentheils unbekannt bleiben:
In meinen frühern Jahren — weil sie für mich von
keiner Wichtigkeit waren, in der Folge — weil ich
von ihm, beynahe fünf Jahre lang getrennt war,
und nach meiner Rückkehr — weil ich ihn überhaupt
nur eine sehr kurze Zeit wieder hatte, und er von allem
andern mehr sprach, als von dem, was er gethan
hatte. Ich kann also nur von seinen Arbeiten als
Prediger, von einigem, was er für Kirchen und
Schulen that, und dann von seinen schriftstelleri=
schen Arbeiten in der Periode seines Frankfurter
lebens, reden.

Aber auch von seinen vesten Arbeiten als Pre=
diger, von seinen Predigten und Kinderunterricht,
würde es überflüßig und ermüdend seyn mehr zu
sagen, als daß er sich von diesen Pflichten nur dann,
wenn Krankheit ihre Verrichtung ihm unmöglich
machte, abhalten ließ, und sie stets mit der grö=
sten Sorgfalt verrichtete. Seine Predigten fieng

er immer zu Anfang der Woche an auszuarbei=
ten, besserte die ganze Woche über daran, und
memorirte sie Sonnabends Wort für Wort.
Von seinem Character als Prediger wird viel=
leicht hernach Gelegenheit seyn, noch etwas
zu sagen.

Die öffentliche Gottesverehrung war überall
ein Hauptgegenstand seiner Aufmerksamkeit gewe=
sen, und er hatte so viel möglich von jeher sie zu
vereinfachen und zu veredlen gesucht. Schon in
Arnstadt hatte er manche intermistische Zeremonie
verdrängt; auch hier suchte er jenen Zweck zu er=
reichen, that selbst manches, und bahnte für die
Zukunft zu mehreren Verbesserungen den Weg.

Gewisse Lieder, die man bei einer jeden Got=
tesverehrung sang, und die häufigen Vater Unser,
deren man jedesmal sieben betete, fielen ihm am
ersten auf. In jenen schafte er das Einförmige
weg und machte es jedem Prediger ganz frei, was
er wollte singen lassen, und diese setzte er auf eine
geringere Anzahl herab. — An den Kirchengebeten
und Liedern fand er auch manches zu verbessern.
Sehr weislich machte er den Anfang dazu dadurch,
daß er auf den Dorfschaften andre Gebete einführ=
te, und auch dazu beitrug, daß das Gymnasium
andre Gebete und Lieder erhielt. Seit den Jahren
1782 und 83 drang er auf ein neues öffentliches Ge=

sangbuch, auf neue Kirchengebete und beſſere Einrich=
tung der ſogenannten Betſtunden. Die Verferti=
gung des neuen Geſangbuchs wurde ihm aufgetra=
gen.   Er arbeitete daran über ſechs Jahre mit dem
unverdroſſenſten Fleiße und nach gröſtentheils ſehr
richtigen Grundſätzen. In dem letzten Jahre
wurde es durch des Conſiſtoriums und ſeine und
ſeiner Amtsgenoſſen Vorſorge und bei der aufge=
klärtern Denkart ſeiner Mitbürger, ohne die ge=
ringſte Bewegung, wie man ſie ſonſt wohl in an=
dern Städten, bei Einführung eines neuen Geſang=
buchs geſehn hatte, eingeführt. Auf ein ganz
tadelloſes Werk machte er nie Anſpruch, aber es er=
hielt doch bei dem gröſten Theil ſeiner Mitbürger
und auch bei auswärtigen Beurtheilern, Beifall.

Mit der Verfertigung des neuen Geſangbuchs
waren auch neue Kirchengebete verbunden; die
ſeinen Grundſätzen gemäß, nach welchen Beten
und Singen die Hauptſache bei der öffentlichen
Gottesverehrung waren, abgefaßt ſind.

Auch die Betſtunden erhielten eine neue Ge=
ſtalt, oder ſollten ſie doch wenigſtens erhalten. Er
beſtimmte deswegen ſtatt der Pſalmen, die man
bisher ohne Unterſchied nach der Reihe vorgeleſen
hatte, nur auserleſene Pſalmen und Stücke aus dem
N. T., die dann jedesmal, nach ſeiner Abſicht,

mit kurzen Erläuterungen, von dem Prediger begleitet werden sollten.

In den letztern Jahren seines Amtes wurden
die Beschwerden, über die bisherige Art der Beichte, gewiß nicht mit Unrecht, sehr laut. Es hatten
bisher alle vierzehn Geistliche zu gleicher Zeit
in der Kirche, auch in der kleinsten, Beichte geses-
sen; ein jeder Beichtende sagte seinem Beichtvater
eine Beichte her, und ein jeder Prediger, nachdem er eine Rede gehalten, absolvirte seine
Beichtkinder zusammen. — Dies sah freilich
dem Joch der Ohrenbeichte, diesem trauri-
gen Denkmahl der finstersten Zeiten des Christenthums noch sehr ähnlich, und offenbar
wurde die Andacht durch das unvermeidliche Zu-
sammenreden der Prediger gestört. Er that, um
diesen Beschwerden abzuhelfen, nicht eben was er
für das Beste hielt, und was er gerne thun wollte,
sondern was er, durch wichtige Umstände eingeschränkt, thun konnte. Und darauf sollte man, wie
mich dünkt, bei der Beurtheilung seiner Einrichtung, Rücksicht nehmen. — Er vertheilte die
Prediger, so daß nur sieben auf einmal Beichte
sitzen sollten, und ließ nicht mehr jeden Beichten-
den eine Beichte hersagen, sondern einen jeden
Prediger seinen Beichtkindern einige Fragen vor-
legen, die ein jeder mit Ja zu beantworten hat.

So kam doch die Beichte der Gestalt, die ihr je=
der Vernünftige wünscht, um einige Schritte we=
nigstens näher; und so nah, als er sie ihr
bringen konnte.

Ich übergehe was er sonst noch that, um
jeder gottesdienstlichen Handlung die möglichste
Feierlichkeit zu geben. — Er hatte überhaupt
über Liturgie sehr richtige Grundsätze und war
hier, mehr als in andern Stücken, auf den Sei=
ten der neuesten Theologen, und freute sich der
Bemühungen eines Seilers, Hufnagels,
Salzmanns und Fischers.

Daß er als Beisitzer des Consistoriums An=
theil an der Aufsicht über das Gymnasium hat=
te, blieb auch nicht ganz ohne gute Fol=
gen für dasselbe. Seine Vorschläge waren immer
zweckmäßig und passend; und sie konnten auch desto
besser eingeführt werden, weil er auch hier im=
mer mit dem obersten Lehrer, Herrn Rector Pur=
mann, der auch sein Freund war, gemeinschaftlich
handelte. So wurden bald nach seiner Ankunft
in der Theologie, Philosophie und Geschich=
te, neue Lehrbücher in den obern Classen einge=
führt. Er drang auch in den untern Classen auf
Unterricht in deutscher Sprache und Physick. —
Ich habe schon oben gesagt, daß er auch die Ein=
führung neuer Gebete und Gesänge beförderte.

Auch einige andere Einrichtungen, welche die Disciplin und Lectionen betreffen, rühren größtentheils von ihm her.

Für die deutschen Schulen hätte er auch gerne recht viel gethan. Er kannte ihre Mängel und war mit den besten Schulverbesserungen seiner Zeit bekannt. Aber, es sey nun daß er sie nach ihrer ganzen Einrichtung zu spät und als er zu Revolutionen schon zu alt war, kennen lernte, oder daß er sah, daß die Zeit ihnen zu helfen noch nicht da sey, oder auch weil das einzige Mittel ihnen zu helfen — diese, für die Bildung des Bürgers so wichtige, Classe von Volkslehrern, von dem Zunftmäsigen zu befreien — nicht in seiner Gewalt war; er überlies dies künftigen Zeiten und begnügte sich frei und ungescheut von dem zu reden, was sich wünschen lies, daß für diese Schulen geschehn mögte, und dessen mancher von ihren Lehrern, der selbst diese Mängel am meisten fühlt, und nach Vermögen ihnen abzuhelfen sucht, so würdig wäre! —

Es ist Zeit daß ich von seinen schriftstellerischen Arbeiten in Frankfurt rede. Auch hier machte er diese nie auf Kosten seiner nähern Pflichten zur Hauptsache, nie drängte er sich dazu!

Schon in Arnstadt hatte er einige Predigten über die Herrlichkeit Gottes in der Natur gehalten, und auf Verlangen seiner Gemeinde, drei

davon in den Druck gegeben. Er fand diese
auch in Frankfurt bekannt und beliebt, und gab
deswegen 1774 ein ganzes Bändchen solcher
Predigten heraus, welche im Jahr 1782
wieder aufgelegt wurden. — Es war Beweiß, daß er sein Amt mit Nachdenken und
Eifer verwaltete, daß er auch solche Materien
auf die Kanzel brachte, und es zeugte von seinem gefühlvollen Herzen, von seinen mannichfaltigen Kenntnissen und seinem unermüdeten Fleiß,
daß er sie mit so viel Wärme und Gründlichkeit behandelte. Man ließ dieser Arbeit,
auch in öffentlichen Beurtheilungen alle Gerechtigkeit widerfahren, und er genoß auch durch
sie, wie so manches Geständniß ihm sagte, die Wonne des Bewußtseyns Gutes gestiftet zu haben.
Vielleicht hat er auch das Verdienst, durch sein
Beispiel mehrere die ihn an Gewandheit der
Sprache und rednerischer Einkleidung übertra-
fen, zu ähnlichen Arbeiten geweckt zu haben.
Aufgemuntert durch den Beifall den seine
Predigtsammlung erhalten hatte, noch mehr um
das Versprechen zu erfüllen, das er seiner Arnstädter Gemeinde gegeben hatte, und um unter ihnen
— was ihm so viel werth war — das Andenken an sein
voriges Verhältniß mit ihnen, zu erhalten, ließ er
1776 einen Band Predigten auf die Sonn- und

Festtage des ganzen Jahres, die er unter jener Gemeinde in verschiedenen Jahren gehalten hatte, drucken.

Die Einrichtung jener und überhaupt aller seiner Predigten beweiset, wie viel ihm daran gelegen war, aufrichtiges Verstehn der biblischen Stellen, die er zum Grund legte, hinzuarbeiten. Weil er aber doch durch Predigten diesen Zwek nicht so vollständig erreichen konnte, als er es für nöthig hielt, und seinen Erklärungen unter seinen Zuhörern gern mehr Dauer geben wollte, so brachte ihn dieses auf den Gedanken, eigene Erklärungen der Episteln und Evangelien, über die er abwechselnd predigte, zu entwerfen. Er fieng im J. 1775 mit den Episteln an. Noch in eben dem Jahr kam diese Erklärung der Sonn= und Festtags= Episteln heraus. Sie enthält Uebersetzung und Umschreibung der Episteln. In dem folgenden Jahre erschienen die Anmerkungen zu diesen Erklärungen, welche die Beweise der gegebenen Uebersetzung, für Gelehrte und Ungelehrte, enthielten. In der Umschreibung vermied er, wie man ihm allgemein das Zeugniß gab, ziemlich glücklich die so gefährliche Klippe der Umschreiber, mehr ihre Gedanken in den Schriftsteller hineinzutragen, als die des Schriftstellers zu entwickeln. Nur Weitschweifigkeit warf man ihm, nicht ganz mit

Unrecht, vor. Seine Anmerkungen erhielten ihm
den Ruhm der Genauigkeit und Gründlichkeit
im Erklären. Mit sehr gutem Erfolg kam seine
Arbeit in die Hände vieler Prediger und angehen=
der Theologen und stiftete auch unter nicht theolo=
gischen Lesern vielen Nußen. Von dieser Schrift
kam 1780 eine neue Ausgabe der Umschreibung
heraus, und 1788 bis 90 wurden die Umschrei=
bung und die Anmerkungen, die letztern ganz um=
gearbeitet, noch einmal gedruckt und die Anmer=
kungen, zu mehrerer Bequemlichkeit der Leser, gleich
hinter die Erklärung und Umschreibung jeder Epi=
stel gesetzt.

Von dem Bibelfreund hatte er noch in Arn=
stadt den grösten Theil des vierten Theils geschrieben
und in dem ersten Jahr in Frankfurt ihn geendigt.
Im Jahr 1778 kehrte er wieder zu seinem Bibel=
freund zurück, und es erschien noch in diesem Jahr
der fünfte, und in dem folgenden der sechste Theil. Im
fünften beschäftigt er sich noch, seinem ersten Plan
getreu, mit Erklärung einzelner Stellen; den
sechsten nimmt gröstentheils ein Versuch ein, die
Widersprüche, welche der Verfasser der Wolfen=
büttelischen Fragmente in der Auferstehungsge=
schichte Jesu gefunden hatte, zu heben. Man
wird auch in dieser Schrift seine Wärme für die
christliche Religion, deren Grund er durch jene

Fragmente geradezu untergraben glaubte, ehrwürdig, und deswegen auch manchen Ausdruck gegen den Verfaſſer jener Fragmente
und ihren Herausgeber ſehr verzeihlich, finden.
Wenn es auch vielleicht manchem, der mit hiſto-
riſcher Kritik überhaupt, und mit dem Urſprung
und der Natur der evangeliſchen Geſchichtſchrei-
ber, bekannt iſt, ſcheinen mögte, daß er in ſeinen
Widerlegungen zu weit gegangen ſey, ſo trift ſeine
Arbeit nur der Vorwurf, welcher die meiſten der damals erſchienenen Widerlegungen drückt, unter
denen die ſeinige immer noch einen ſehr anſehn-
lichen Rang behauptet. Mit dem ſechſten Theil
ſchloß er den Bibelfreund, den er ſelbſt unter
allen ſeinen Schriften am meiſten liebte — er
enthält ſeine erſte Kraft!

Im folgenden Jahr 1780 entſchloß er ſich
zu der Herausgabe einiger der Predigten, die er
bey verſchiedenen Gelegenheiten, die ſich ihm in
ſeinem Amte dargeboten hatten, gehalten hatte.
Wenn Sprache des Herzens, vom innigſten Gefühl der chriſtlichen Religion durchdrungen, und
weiſe Benutzung der beſondern Umſtände, in
welchen ſolche Gelegenheitspredigten gehalten werden, zur Empfehlung dieſer Art Predigten gerei-
chen, ſo können auch die ſeinigen Anſpruch auf
eine Stelle unter den beſten derſelben machen.

Seine Predigt bey dem Grabe seines Freundes
Lozze, seine Abschiedspredigt von Erfurt, die Predigt bei der grosen Theurung in Arnstadt und die
bei der Einweihung des Arnstädter Waisenhau-
ses, zeichnen sich wohl vorzüglich durch jene Eigenschaften aus.

Die gute Aufnahme seiner bisherigen exegetischen Arbeiten und einige bestimmtere Aufforderun-
gen, vermogten ihn endlich zur Erklärung der
Sonn- und Festtags-Evangelien, die er in drei
Bänden von 1781 bis 1783 herausgab. Von dieser
gilt was ich schon von seinen bisherigen exegetischen
Arbeiten gesagt habe. Gründliche grammatische
Interpretation, grose exegetische Belesenheit und
freimüthiges warmes Bekenntniß dessen, was ihm
Wahrheit schien, zeichnen sie vortheilhaft aus. Er
hatte bey dieser Schrift noch mehr als bey seinen
übrigen exegetischen, den Zweck, Winke zur practi-
schen Anwendung der in den Evangelien enthalte-
nen Geschichte und Reden Jesu zu geben, besonders
zum Gebrauch für Prediger.

Auf die nehmliche Art und zu dem nehmli-
chen Zweck bearbeitet, erschien auch noch 1785
die Leidensgeschichte Jesu in zwei Bänden.

Nach diesem Jahr fieng er keine neue Schrift
von einigem Umfang mehr an. Er setzte nur die
Auszüge seiner Predigten, die er seit 1776 ange-
fangen

fangen hatte und durch die er, besonders bei seinen
Zuhörern, sehr viel Nußen stiftete, bis in das leßte
Jahr vor seinem Tode fort, lies noch einige Gelegenheitspredigten drucken, arbeitete seine Epistel-
erklärungen um und besorgte die liturgischen Arbeiten, von welchen ich oben geredet habe.

So verfloß ihm sein Leben in Frankfurt gröstentheils unter Arbeiten, die entweder sein Amt
ihm auferlegte oder die er sich, um andern noch
mehr zu nußen, selbst gewählt hatte; zwar reich
an Früchten für andre, aber so arm an auffallenden
mannichfaltigen Begebenheiten, wie das Leben eines
Gelehrten zu seyn pflegt. Zwar da er eine Stelle
einnahm wo so vieler Augen auf ihn gerichtet waren, wo er in so mannichfaltigen verwickelten Ver-
hältnissen stand, wo so manche kritische Periode
eintrat, so hätte sich vielleicht, sein Leben, auch durch
solche Begebenheiten ausgezeichnet, wenn er nicht
hier mit der größten Liebe wäre empfangen worden, wenn er nicht mit der größten Gewissenhaftigkeit seine Pflichten erfüllt hätte, und nicht überall mit
der größten Rechtschaffenheit und Klugheit zu Werk
gegangen wäre. Wenn ich also nicht von kleinen
Reisen erzählen will, die er machte, von Bekannt-
schaften die er knüpfte, von Besuchen die er bekam, von Verbindungen mit auswärtigen
Gelehrten, in welchen er stand — Dinge wo man

so leicht ins kleinliche fallen kan — oder von an=
dern Dingen, die vielleicht besser da ihren Platz
finden, wo ich seinen Character zu zeichnen
versuche; so scheinen seine häußlichen Schicksale
und die Geschichte seiner Gesundheitsumstände bis
zu seinem Todt, das einzige aus dieser Periode,
was, ausser dem schon gesagten, mit Recht in diesem
kurzen Abriß seines Lebens, stehen kann.

Aber auch sein häußliches Leben enthält we=
nig solche Begebenheiten, die vor dem Publi=
kum aufgestellt werden könnten, so reich es auch
an Genuß für ihn und die Seinigen war.
Daß er in Frankfurt mehrere seiner Kinder ge=
bohren werden, andere sterben sah, wird fast der
ganze kurze Innhalt dieses Theils der Erzählung
seyn. *) Er erzog seine Kinder zu gut, als daß
sich seine häußlichen Schicksale durch merkwürdi=
ge traurige Erfahrungen hätten auszeichnen kön=
nen, und verlies sie zu früh, als daß er durch
sie solche frohe Veränderungen hätte erleben können,
die hier genennt zu werden verdienten.

Von den drey kleinern Kindern, die er mit
nach Frankfurt brachte, starb eins bald nach sei=

---

*) Sehr charatteristisch für seine Zärtlichkeit ge=
gen die Seinigen, seine Standhaftigkeit bey
ihrem Verlust, die Art seines Trostes und sei=
ne ruhige Ergebenheit in Gottes Willen, scheint

ner Ankunft. Noch mehr beugte ihn der Tod
seines Sohnes erster Ehe, der ihm in seinem neun
und zwanzigsten Jahr, im Jahr 1779, entrissen
wurde. Vor diesem Jahr waren ihm in Frankfurt drey Kinder gebohren worden, von welchen
er das jüngste auch wieder hingeben mußte.
So blieben ihm von eilf Kindern, die er in seinen beiden Ehen gezeugt hatte, nur noch viere seiner zweyten Ehe. Diesen widmete er denn auch
alle Sorgfalt eines weisen zärtlichen Vaters, und
er sah wenigstens das als Frucht seiner Bemühung,
daß sie ihn liebten, wie man nur einen Vater lieben
kann, daß sie sich auch unter einander liebten,
wie selten Geschwister sich lieben, daß er immer
heiter und vergnügt unter ihnen seyn konnte, daß
ihm nie eins Thränen der Betrübniß und des

---

mir eine Stelle in seinen Casualpredigten S.
335. Er erzählt, daß einige seiner Kinder gerade zu
der Zeit gestorben wären, da ihn seine Pflicht
auf die Kanzel gerufen hätte; er dankt Gott
für die ihm verliehene Kraft mit den Worten
Pauli 2 Corinth. 1, 3. 4. und schließt also:
„Bis hieher hat der Herr geholfen, er helfe
weiter, helfe auch mir in sein himmlisches
Reich, wo schon sieben meiner Kinder einge-
gangen sind, um Christi unsers Erlösers willen, hinüber!"

d 2

Unwillens erpreßte, aber wohl daß fie ihm manche
Freudenthräne entlockten, und daß ich das von uns,
ohne zu erröthen, sagen kann! — Er starb, ohne eins
von ihnen versorgt zu sehen, aber mit dem fro-
hen Bewußtsein, alles gethan zu haben, um der
Vorsehung ruhig ihr künftiges Schicksal überlas-
sen zu können.

Er bedurfte der Freuden des häußlichen
Glücks — jedem guten Menschen die reinsten und
seeligsten! — um so mehr, da er unter vielen, oft
drückenden Arbeiten, auch den gröſten Theil seines
Lebens in Frankfurt hindurch, mit einem kränk-
lichen Körper zu kämpfen hatte. Zwar kam er,
wie es schien, mit einer sehr glücklichen Gesundheit hieher, sein ganzes Aeussere verkündigte den
stärksten gesundesten Mann; nur ein fast be-
ständiger Husten, den er schon seit seinem sechszehn-
ten Jahre hatte, und der zuweilen sehr heftig
wurde, lies einen innern Fehler vermuthen. Aber
sein anhaltendes Sitzen, bey seinem großen schweren Körper doppelt schädlich, verdarb bald Säfte
und Blut; daher auch die kleinsten Wunden immer nur sehr schwer heilten, und er immer an den
Füssen litt. Doch blieb es immer nur bey kleinen
Anfällen und Unpäßlichkeiten, bis er sich im J.
1784, vornehmlich durch Härte gegen sich selbst,
bey einem körperlichen Zufall der schleunige Hülfe

erfodert hätte, eine Krankheit zuzog, die uns
für sein Leben sehr besorgt machte. Er kam wie=
der auf. Aber sein ganzes Leben war von nun an
eine aneinander hängende Reihe von körperlichen
Leiden und Schmerzen. Noch kläglicher und
drückender für einen Mann von seiner Thätigkeit,
seinem Fleiß und seinen Beschäftigungen, wurde
sein Schicksal dadurch, daß er im Jahr 1787 durch
plötzliche Erkältung, sein Gesicht fast ganz ver=
lohr. Einigermaßen bekam er es zwar wieder,
aber sehr schwach blieb es immer, und es neigte
sich endlich zum Staar. Man verzog nur mit
der Operation, um die volle Reise desselben ab=
zuwarten. Unterdessen konnte er nur in den hell=
sten Stunden des Tages ohne große Beschwerden
arbeiten. Abends konnte er fast gar nicht, oder nur
mit den größten Schmerzen, lesen und schreiben.
Doch auch das trug er mit mehr Geduld, als man
bey seinem Feuer und seiner Lebhaftigkeit hätte er=
warten sollen: nur wenig wurde seine Heiterkeit
getrübt, seine Munterkeit geschwächt; und auch
das alles kehrte wieder, wenn er unter Menschen
war. Seine körperlichen Kräfte aber nahmen im=
mer mehr ab; in den letzten Jahren wankte er nur
über die Straßen. Aber hart, wie er gegen sich,
und gewissenhaft, wie er in seinem Amte war, ließ
er seine Schwäche am wenigsten in seinem Beruf

merken. Es war rührend zu sehen, wie viel Mühe in den letzten Jahren es ihn kostete, seine Arbeiten zu verrichten, und wie wenig er sich dadurch von der sorgfältigsten Verrichtung derselben
abhalten ließ!

So brachte er in sehr schwankender Gesundheit und bei immer mehr abnehmenden Kräften, den
Winter des Jahrs 1790 zu. Wir freuten uns
schon, daß er diese, ihm immer gefährlichste, Jah-
reszeit beinahe überstanden hatte, und hoften alles
von der Wiederkehr des Frühlings. Zu Anfang
des Februars fieng er an Blut auszuwerfen.
Doch dies war öfter geschehen, es beunruhigte
uns nicht sehr. — Sonnabends am 5ten Febr.
war er bei Gelegenheit einer Kindtaufe in Gesellschaft; jedermann freute sich seiner Munterkeit.
Sonntags predigte er zwar nicht, weil er den grösten Theil der Woche Blut ausgeworfen hatte,
aber er war doch sehr munter. Gegen Abend las
ich ihm, wie ich immer pflegte, die Predigt vor, die
ich an eben dem Tag gehalten hatte. In der Reihe der
Catechismuslectionen hätte ich von Wittwen und Waisen predigen sollen, ich hatte aber — man sieht leicht
warum? — eine andere Materie gewählt. Er er-
innerte mich daran. — Noch, antwortete ich,
sind wir ja, lieber Vater, keine Waisen, unsre
Mutter keine Witwe! — Aber wie bald, sagte

er mit Thränen in den Augen, könnt ihr das werden! — Man kann denken, was ich that, was ich sagte. — Es war ein feierlicher Augenblik! — Gott! und wir wurden es so bald! — Den Abend brachte er, wie er denn gewöhnlich diese Zeit mit einigen jungen Männern hinbrachte, diesmahl mit mir und meinen Freunden Eichhoff und Lade zu. Das Gespräch war lebhafter als je, und sprang von einem Gegenstand zum andern über. Auch nach Tische genossen wir ihn in unserm Kreiß bis bald um Mitternacht. Ehe wir noch aus einander giengen, hörte er noch einmal Schillers Lied auf die Freude singen und spielen, und sang Hermes herrliches Abendlied: Lob sei dir, Herr mein Gott, gesungen, selbst mit.

Am Montag merkten wir keine Veränderung, als daß sein Gang noch mehr als gewöhnlich schleppend und matt war. Er fieng seine Predigt auf den nächsten Sonntag an. Abends aß ein Bekannter von unserm Hauß mit uns; auch hier war alles so heiter und munter! — So verließen wir ihn. In der Nacht hatte ihn ein Husten überfallen. Gegen Morgen schlief er wieder ein, und ruhte länger als gewöhnlich. Gegen neun Uhr wollte er aufstehn. Er sprach mit unsrer Mutter, sie rieth ihm im Bette noch Thee

zu trinken. Sie gieng, um ihn zu besorgen. Als
sie zurückkam, saß er aufgerichtet im Bette, sah
sie noch einmal schweigend an, und sank zurück! —
Er war todt! — — Und nun nichts von den
Empfindungen unsrer Mutter, die ihn unter ihren
Händen sterben sah, nichts von dem was meine
Schwestern empfanden, da sie auf das Rufen ihrer Mutter herbeieilten, und ihren Vater todt
fanden, nichts von dem wie mir war, als ich,
von einer Leichenbegleitung zurückkehrend, ins
Hauß trat, Mutter und Schwestern in den ersten
verzweiflungsvollen Ausbrüchen des Schmerzens
erblickte, und nun hin an das Bette des todten Vaters wankte! — —

Man fand in der Stadt seinen Todt kaum
glaublich! — Der Antheil, den man an unserm
Schicksal nahm, war uns einiger Trost! —
Dank den Redlichen, die mit uns weinten, und
mit ihrem Trost uns unterstützten! —

Ich komme nun zu dem Theil der Abhandlung,
von dessen Bearbeitung ich mir immer am meisten Vergnügen versprach, den ich aber jetzt auch
als den schwersten fühle! — Was könnte mir
angenehmere Beschäftigung gewähren, als bei der
Schilderung des Geistes und Herzens meines Vaters zu verweilen? Wie muß mich der Gedanke
erfreuen, durch eine solche Schilderung ihn, den

ich so tief verehre, auch denen, die ihn nicht so genau
gekannt, ehrwürdig zu machen, und ihm dadurch
auch noch nach seinem Todt bei allen das Lob zu
verschaffen, das einzige, nach welchem er in sei=
nem Leben rang, daß er ein guter Mann war! —
Wie erquickend, wie trostvoll, muß mir bei meinem
Schmerz, ihn verlohren zu haben, die Hofnung
seyn, bei andern Theilnahme zu erregen, wenn
ich ihnen in einer solchen Schilderung sa=
gen kann, wie viel ich, wie viel die Seinen
an ihm verlohren haben! — Und wie viel frohe,
seelige Erinnerungen an das, was er besonders mir
war, müssen dabey in meine Seele zurücktreten!
wie viel herzliche, feierliche Entschlüsse, eines sol=
chen Vaters würdig zu werden, in mir erwachen!
Und wird man mir es noch verdenken, daß ich eine
solche Schilderung unternehme, so viele und grose
Schwierigkeiten sie auch für mich hat? Denn ich
soll hier sagen, welche Anlagen des Geistes und Her=
zens er von der Natur erhielt, und was diese nach
und nach durch Erziehung und Umgang, durch so
mannichfaltige Schicksale und Veränderungen des
Lebens wurden — und ich kannte ihn nur in den
letzten Jahren seines Lebens! — Ich soll sagen,
in welcher Gestalt er sich bei wichtigen Auftritten
seines Lebens, in gefährlichen und mißlichen Lagen,
wo sich die Stärke und Schwäche des Geistes und

Herzens am meisten entdeckt, zeigte — und ich sah
so wenig ihn handeln! — und in der Zeit, wo
die Seele im vollsten Besitz ihrer besten Kräfte ist,
am wenigsten! — Ich sollte ihn mit seinen Män-
geln und Vorzügen unpartheiisch darstellen —
ich der Sohn den Vater! — Und könnte ichs
auch über mich erhalten, den Sohn zu vergessen,
und nur den Erzähler zu machen, könnte ich auch
alles vor ihm entschuldigen, dem gerechter Tadel
noch lieber war als falsches Lob — wie dürfte ich das
bei Andern hoffen! — Doch ich will der Schwierigkeiten, mit denen ich bei diesem Theil der Erzählung zu
kämpfen habe, nicht noch mehr nennen. Man sieht
daß ich dennoch zu dieser Erzählung entschlossen bin,
und schon durch die Schwierigkeiten, welche ich
nannte, werde ich mir, was ich dadurch zu
erhalten hofte, verschaffen — Nachsicht bey der
Ausführung. — Aber indem ich diese durch Ausführung dieser Schwierigkeiten zu gewinnen suche,
so habe ich mir sie vielleicht auf Kosten der Glaubwür-
digkeit in dieser Erzählung erkauft! — Man verzeiht
mir, wenn ich sein Bild nicht ganz treu und vollständig
nach der Natur entwerfe, weil ich selbst ihn nur
in den letzten Jahren bemerken und beobachten konnte, aber man zweifelt vielleicht auch eben deswegen,
ob ihm die hier entworfenen Züge nur einigermassen gleichen? und wenn sie auch auf den Greiß

paßten — ob sie auch den Mann und Jüngling schil-
dern? — Es ist wahr, es giebt Menschen, die
von so leichtem, beweglichem Nervenbau sind, daß
sie nach jedem Jahrzehend sich kaum mehr ähnlich
sehen, oder andre, in welchen durch anhaltende
traurige, Geist und Herz erdrückende Lagen, als
Mann und Greiß das Feuer kaum mehr glimmt,
das in ihren frühern Jahren so hell in ihnen lo-
derte. Aber gegen diese Veränderlichkeit schützte
meinen Vater sein Körperbau und sein ganzes
Nervensystem, das mehr stark und fest, als fein
und biegsam war; und gegen den letztenFall, sein gün-
stiges Schicksal, welches ihn nie in Lagen kommen
ließ, welche ihn an dem vollen Gebrauch seiner
Kräfte gehindert hätten, und das folglich auch ihre
glückliche Erhaltung möglich machte. Und dies
läßt mich hoffen, daß meine Beschreibung von
ihm, ob ich ihn gleich nur in den letztern Jahren
seines Lebens selbst beobachtete, und aus den frühern ihn nur aus Erzählungen kenne, auf sein
ganzes Leben passen werde. —

Was schon sein ganzes Ansehen, sein grosser
starker Körper, die starken, kraftvollen, aber nicht
groben Züge, seines Gesichts, und der feurige, leb-
hafte Blick seines Auges ankündigte, Kraft und
Thätigkeit des Geistes, Lebhaftigkeit und Stärke

der Empfindung, Erhabenheit und Veſtigkeit der
Geſinnung, Heftigkeit der Leidenſchaften, dies waren die Hauptzüge ſeines Charakters. —

Jene Empfänglichkeit des Geiſtes, den Grundzug
jedes vorzüglichen Geiſtes, hatte er gewiß immer in
einem ſehr hohen Grade; dies beweiſen theils ſeine
mannichfaltigen, auch nicht blos gelehrten oder zu
ſeinem Fach gehörigen, Kenntniſſe, theils die Dauer
jener Empfänglichkeit bis in ſeine ſpäteſten Jahre.
Er bekümmerte ſich um alles was zu ſeiner Zeit vorgieng und nahm an allem Theil. In ſeinen Nebenſtun-
den und oft bis um Mitternacht las er entweder ſelbſt,
Zeitſchriften oder andre zur Länder- und Völkerkunde
gehörige Schriften, oder ließ ſie von andern ſich vorleſen. Ganze Abende konnte er Erzählungen von Rei-
ſenden anhören und darüber manches am Erzähler
überſehen. Und es war bei ihm nicht die unruhige,
flüchtige Neugierde, die aus Mangel und Unfä-
higkeit zu ernſten Beſchäftigungen entſteht, die nur
nach Neuem haſcht, und es eben ſo bald wieder fahren läßt; es war bei ihm Würkung der unaufhör-
lichen Thätigkeit ſeines Geiſtes, der viele und mannichfaltige Nahrung brauchte und vertragen konnte.
Dies beweißt unter andern auch die Treue mit der
er alles Gehörte und Geleſene behielt, und die Ge-
ſchicklichkeit mit welcher er es wieder zu brauchen
wußte. Er vergaß nie ganz was er je, auch vor

vielen Jahren gelesen und gehört hatte; auch Na=
men und Zahlen bewahrte sein Gedächtniß sehr
treu.   Daher er auch in der Geschichte und Litte=
ratur, besonders seines Fachs, sehr bewandert war,
und ihm überhaupt Gründlichkeit und Vestigkeit
in seinem ganzen Wissen möglich wurde. Zu einer
grossen, in einem hohen Grade beweglichen, leb=
haften Phantasie, die noch mehr thut als das ge=
sehene und gehörte zurückführt, scheint er nie viel
Anlage gehabt zu haben, oder sie war nicht genährt,
und durch unverhältnißmäsige Uebung und An=
strengung der Denkkraft unterdrückt worden. Ein
gewöhnliches Schicksal der Phantasie bei Gelehr=
ten! das sie so lange haben wird als es ihr geht,
wie weiland der Vernunst in der Theologie, daß
man sie verkennt und herabwürdigt; wofür sie sich
denn auch so wie jene rächt! Eben dieses scheint auch
die Ursache, daß seinen mündlichen und schriftlichen
Vorträgen das leichte, die Aufmerksamkeit reizende,
darstellende, hinreissende fehlt.   Dagegen war er
mehr gemacht zu ordentlichem, tiefem, anhaltendem
Nachdenken über einen Gegenstand bis zur befriedi=
genden Lösung, worin ihn sein nicht gewöhnlicher
Grad von Scharfsinn glücklich unterstützte.

Eben so empfänglich wie sein Geist, war auch
sein Herz, aber so wie jenen mehr ernste Gegenstän=

de beschäftigten, so war auch dieses mehr für das
Große, Ernste, Erhabene gestimmt. Er verweil=
te mit Entzücken bei einer schönen Gegend, aber
am liebsten doch bei solchen, die etwas großes und er=
habenes enthielten. Die Gegenden des Thüringer
Waldes, waren ihm immer noch unvergeßlich. Er
konnte mit sichtbarem Vergnügen, die längsten Be=
schreibungen der Schweizergegenden hören und le=
sen — die große Empfindung beim Anblick des Mee=
res zu haben, war oft sein Wunsch. Er stand
oft stille beim Gesang der Lerche, aber die majestäti=
sche Stimme des Donners sagte ihm noch mehr zu. —
Er war nicht blos Liebhaber sondern auch Kenner
der Tonkunst — geistliche Musik voll Würde
und Ausdruck, war ihm das Schönste was er hö=
ren konnte; eine Ode von Utz und Klopstock, auch
ernste, zumal religiöse, Lieder neuerer Dichter, von
Schulz und Haydn und Hiller in Musik gesetzt,
konnten ihn auf das tiefste rühren. Jenes Abend=
lied von Hermes war fast immer das seinige. Eben
so war sein Geschmack in der Dichtkunst. Er hat=
te auch in seinen frühern Jahren nie an leichten
Gedichten Geschmack gefunden; vielleicht auch weil
in jenen Zeiten die Deutschen sehr arm an Gedich=
ten jener Art waren, an welchen ein Mann von
sittlichem Gefühl, Geschmack haben konnte. Spä=
terhin hatte er die Hagebornschen und Gellertschen

Gedichte kennen gelernt, von denen er besonders
die lezten lieb gewonnen; aber Haller, Utz,
Klopstock, aus dessen Meßias er ganze Stellen aus-
wendig wußte, und Cramer, waren doch seine Lieb-
lingsdichter. Die neuern Dichter kannte er, wie
es ihm zu verzeihen ist, nur durch andre und höch-
stens nur aus einzelnen Arbeiten. —

In Freundschaft und Liebe war er wohl nie
empfindsam und Schwärmer, aber immer ein war-
mer standhafter Freund, ein zärtlicher Gatte und
Vater.

Bey einem so gefühlvollen Herzen und bey der
Neigung zu dem Ernsten, Grossen und Erhabenen,
muste er auch zu religiösen Empfindungen sehr ge-
neigt und diese musten auch stark und lebhaft bei
ihm seyn. Es war wahrhaftig nicht Folge seines
Amtes und Standes daß alles so leicht bey ihm einen religiösen Schwung nahm! Sondern weil sein
Herz voll war, von dem Gefühl der Grösse und
Güte und Weisheit seines Schöpfers, und von
Ehrfurcht und Liebe gegen ihn durchdrungen, so
brach er leicht beim Anblick der Natur in Preis des
Schöpfers aus, so gieng leicht jedes frohe Gefühl bei
den Freuden des Lebens, in Dank gegen den Geber
über, so wurde jeder Wunsch, jede Hofnung so leicht
vertrauensvolles Gebet, zu dem, der alles schenkt und
versagt, und so waren, wenn man ihm Befrei-

weise zeigte eine edle , große und veste Den=
kungsart. Nie ließ er sich zu Schmeicheleien
herab, nie zeigte er Menschenfurcht, nie bestimmte
ihn Eigennuß, nie, auch in den spätern Jahren,
beherrschte ihn Geiz, der gefährlichste Feind jener
Jahre! —Stolz war er auch nicht, ob ihm gleich sei=
ne Gestalt und Gang und seine veste Stimme das
Aeussere davon zu geben schienen. Von sich dach=
te er am wenigsten hoch und sein Betragen gegen
andre, auch niedere, war immer gefällig, nicht sel=
ten zuvorkommend. — Er besaß sehr große, durch
viele und wohlbenutzte Erfahrungen erworbene
Menschenkenntniß; er übersah die jedesmalige La=
ge der Dinge sehr richtig, fand leicht den sichern
Weg zu seinem Zweck zu gelangen ; aber nie be=
diente er sich seiner Klugheit zur Erreichung klein=
licher niedriger Absichten, nie waren seine Wege
die verborgenen des listigen, schlauen Mannes. Er
war in allem was er that und in seinem ganzen Be=
tragen gegen andre, offen und gerade. Er fühlte
sich stark genug um dieses zu seyn und verachtete
das Gegentheil als Beweiß der Schwäche des Gei=
stes und Herzens. Er ließ gewiß keine Gelegenheit
vorbei Gutes zu thun; er erkannte die Schwierig=
keiten, aber waren sie zu überwinden, so schreckten
sie ihn nicht ab; er war standhaft in seinen Unter=
nehmungen — Gewiß auch einen sehr rühmlichen

Theil seiner Gesinnungen, machte seine tolerante Gesinnung gegen andre Religionsverwandte aus. Ich weiß nicht wie viel Antheil er daran hatte, daß den Reformirten ihren Gottesdienst in der Stadt zu halten erlaubt wurde, aber das weiß ich, daß er manches was vor ihm, um dies zu verhindern, geschehen war, zu hart fand, und sich, wie er besonders in Briefen an mich in jener Zeit that, herzlich darüber freute, daß endlich alle Hindernisse gehoben wurden. Mit den Predigern jener Gemeinde gieng er um, so wie es Männer von ihrem Geist und Herzen verdienten, und nie dachte er in seinem Betragen gegen sie an irgend einen Unterschied. — Christus Lehre und Christus Gebot war ihm mehr als Sektenunterschied! —

Es konnte nicht fehlen daß er auch heftig in seinen Leidenschaften war. So konnte ihn Widerspruch, zumal wenn er aus Eigendünkel oder Halbwisserei entstand, oder Sachen betraf die er gewiß besser wußte, oder zu wissen glaubte, oder die ihm vorzüglich am Herzen lagen, wozu denn auch manche theologische Vorstellungsarten gehören mogten, sehr leicht und sehr heftig ins Feuer setzen. Traf es sich aber, daß er den Widerspruch hintennach gegründet fand, so benutzte er ihn gewiß. Daher denn auch gegründete Widersprüche mit ruhiger Standhaftigkeit und Bescheiden-

heit vorgetragen, nie ihres Zwek bey ihm ver=
fehlten. Eben so heftig konnte ihn Nachläßigkeit
oder Widerseßlichkeit, in dem was er aufgetra=
gen hatte, aufbringen. Aber auch von den stärk=
sten Ausbrüchen kam er bald zurück; und so leicht
er in den heftigsten Unwillen gerathen konnte, so
kannte er doch nie Rache.

Vielleicht ist das, was ich bisher von sei=
nem Character gesagt habe, so, wie es diejenigen
bei ihm gefunden haben, die mit ihm umgegan-
gen sind, und so, daß es auch andern dadurch
möglich wird, sich von ihm ein treffendes Bild zu
entwerfen. Ich bestrebte mich wenigstens dies zu
erreichen. — Aber um dem bisher gesagten noch
mehr Licht zu geben, um die Züge an seinem Bild
noch mehr auszumahlen, will ich noch etwas von
ihm als Gelehrten, Schriftsteller und Prediger,
und von dem, was er im gesellschaftlichen und
häußlichen Leben war, sagen; zumal da ich fühle,
daß ich nicht im Stande war, jene Züge, in der
allgemeinen Schilderung des Characters, scharf
und individuell genug zu fassen. Es kan seyn,
daß ich dadurch zu weitläuftig werde; man hat
mir aber bis hieher schon so viel nachsehen müs=
sen — und etwas lange bei seinem Bilde verweilt
zu haben, ist mir gewiß auch zu verzeihen!

Als Gelehrter besaß er nicht nur Kenntnisse
von allen Theilen der Theologie und von einigen
derselben, besonders von Exegese und Kirchengeschichte, sehr tiefe und gründliche, sondern auch
nicht gemeine Kenntnisse in der Philosophie, Geschichte, Geographie und Litteratur seines, und
auch der übrigen Fächer der Gelehrsamkeit. Noch
ehrwürdiger aber als sein großer Vorrath von
Kenntnissen, machte ihn sein unermüdeter bis in
die letzten Tagen seines Lebens fortdauernder Eifer,
immer mehr zu lernen. Er schämte sich nie, Dinge nicht zu wissen, die ihm unbekannt geblieben
waren, und er konnte über solche Dinge auch Leute, die er sonst weit übersah, anhören, und von
ihnen lernen. Wenn er manchem zu fest an dem,
was er einmal angenommen, hängen geblieben
und in seinen Ueberzeugungen nicht mit dem,
was in den letzten Jahrzehnden seines Lebens,
in der Theologie vorgieng, fortgegangen zu seyn
scheint; so blieb er erstlich bey weitem nicht ganz
stehen, und dann rührte das aus nichts weniger
als aus Unbekanntschaft mit diesen Dingen, oder
aus Stolz und Eigendünkel her, sondern es lag theils
in der Natur seines Geistes, daß er das, was
er einmal, zumal nach eigenen Untersuchungen,
angenommen hatte, nur sehr schwer verlassen,
sich nur sehr schwer aus seinem Ideenkreiß heraus,

denken, und die Dinge ungefärbt auch von der
andern Seite ansehen konnte, theils in der Art
seines Studirens, welches immer zu sehr auf Philologie eingeschränkt war, ohne durch Philosophie, an deren Hand jene immer gehen muß,
genug geleitet zu werden. Doch hatte sein
weitläuftiges, eigenes, gründliches Wissen,
und sein Fortstudiren, die glücklichen Folgen,
daß er andrer verschiedene Meinung sehr
wohl vertragen konnte, mit dem Nahmen der
Neologen nicht so freigebig war, als manche
von weniger eigenem und viel eingeschränk-
terem Wissen, daß er auch Theologen, die
anders dachten als er, sehr hochschätzte, auch
von ihnen geschätzt, und nur von denen schief
und hart beurtheilt wurde, die bei ihren sonst
so hellen, vorurtheilfreien Einsichten, dennoch oft an
Intoleranz die Gegenparthei fast noch über-
treffen.

Er würde als exegetischer Schriftsteller bei
seiner gründlichen und großen Gelehrsamkeit in
diesem Fach, noch mehr Beifall gefunden haben,
wenn sein Stil kürzer und gedrängter gewesen
wäre. Die Vorwürfe aber, die man ihm deswegen gemacht hat, treffen würklich weniger ihn, als
die Zeiten, in welchen er seine Bildung empfieng.
Man erinnere sich an den Zustand der deutschen

Litteratur in den Jahren von 1730 bis 1740 und in welchem Mißverhältniß, zumal auf Schulen, das Studium der Muttersprache und Uebungen in derselben, mit andern Studien stand. Und daß er Anlage zu einem guten Stil überhaupt hatte, beweißt dies, daß er einen guten lateinischen Stil schrieb; und nur aus den Vorzügen seines lateinischen Stils scheinen die Mängel seines deutschen, entstanden zu seyn, welche nur durch eben so frühe und anhaltende Uebungen in der deutschen wie in der lateinischen Sprache, die er aber nicht hatte und haben konnte, hätten vermieden werden können. Aber dennoch hat auch sein deutscher Vortrag, Deutlichkeit und Bestimmtheit in einem hohen Grade, und oft wird er würklich herzandringend. Und dies geschah, wenn er sich seinen Empfindungen überlies. Unter mehreren solchen Stellen in seinen exegetischen Schriften, scheint mir wenigstens, die im 1 Th. S. 617 seiner Evangelienerklärung, in dem Evangelio an dem Sonntag in der Woche, in welcher er starb, und in welcher er vom Wiedersehen in jenem Leben redet, in dieser Rücksicht sehr merkwürdig. — So würde zwar ein angenehmerer, leichterer Stil den Werth seiner exegetischen Schriften erhöhen; aber auch so haben sie viele Leser gefunden, und viel genußt, und sie werden sie auch noch ferner finden und nußen.

e 4

Was man in Rücksicht des Stils in seinen exegetischen Arbeiten vermißt, fehlte freilich auch seinen Predigten. Nur daß es bey seinem sehr gu=ten, würdevollen, äussern Vortrag, bei denen die er hielt, weniger bemerkbar war, als bei denen die er drucken lies. Aber auch hier kann man das or= dentliche, deutliche, practische und herzliche, zur reichen Entschädigung hinnehmen. Nie trug er ganz kalte leere Dogmatik vor, ob er sich gleich nur selten zu ganz moralischen Vorträgen entschlie= ssen konnte. Er verband wenigstens beides und ver= wieß das practische nicht blos in die letzten Perio= den der Predigt. Wenn seinen Vorträgen mehr red= nerisches zu wünschen gewesen wäre, so war auch die= ser Mangel nicht Folge seines Unvermögens, sondern er handelte hier nach Grundsätzen, deren Richtig= keit freilich nicht allgemein zugestanden wird. Daß er aber auch Redner seyn konnte, hat er bey man= chen Gelegenheiten, auch in einigen der gedruckten Casualpredigten, gezeigt. Von der Art wie er seine Predigten verfertigte, habe ich schon oben geredet. Sie zeigt den fleißigen, sorgfältigen, gewissenhaf= ten Mann, ob sie gleich gewiß nicht die e i n z i g e g u t e, vielleicht nicht einmal — wenigstens so lange fortgesetzt — e i n e der guten Methoden ist.

Auch in seinen übrigen Pflichten als Prediger, war er, so sehr er auch Gelehrter war und so flei= ßig und emsig er immer für sich studirte, doch nie nachläßig und erfüllte sie mit vielem Nutzen. Er war nicht so sehr Gelehrter, daß er nicht auch Kindern im Religionsunterricht sich hätte sollen verständlich machen können. Bey Kranken rühmt man seine Klugheit und Geschicklichkeit — nicht den Sterbenden zu ängstigen, und mit Gericht und Hölle zu schrecken, sondern ihn zu rühren und zu beruhigen; und überhaupt pflegte er dann in seinen Ermahnungen mehr Rücksicht auf die umstehenden Gesunden, als auf den Sterbenden zu nehmen, weil er über Bekehrungen auf dem Krankenbette dachte, wie jeder Vernünftige denkt. — Daß er zugleich auch das ganze Vertrauen derer besaß, deren Seelsorge ihm anvertraut war, oder die sie ihm selbst übertragen hatten, denen er daher auch Rathgeber, Freund und Vater seyn konnte, gab ihm als Prediger noch mehr Wehrt.

Daß er aber jenes Vertrauen sich erwarb, und andern, Vornehmern und Geringern, das alles war und seyn konnte, dazu trug wohl, außer der allgemein anerkannten Rechtschaffenheit und Redlichkeit seines Charakters, auch die Feinheit und der Anstand viel bei, welchen er in seinem Betragen gegen andere besaß, und dessen Mangel so oft manchen Prediger hindert, so viel Gutes zu thun, als er thun könnte. Weder kriechend gegen Vornehme noch kalt gegen Geringere, wußte er beider Zutrauen zu gewinnen. — Heiterkeit in Gesell-

e 5

schaften, Theilnahme an jedem Gespräch, Ent-
fernung aller priesterlichen Steifigkeit, machten,
daß man ihn auch in den verschiedensten Gesellschaften gerne sah, und daß nie seine Einladung
ein lästiger Tribut war, welchen man seinem
Stand schuldig zu seyn glaubte. Er selbst war
auch zu sehr Freund des gesellschaftlichen Lebens,
als daß er andern seine Gegenwart hoch angerech-
net hätte, oder sich es je hätte merken lassen, daß
man ihn von dringenden Geschäften abgezogen
hatte; er dankte es jedem, der ihm einige Stunden
Unterhaltung mit Menschen verschaft hatte. Große Gesellschaften gab er zwar selten, aber geschah es,
so war er gewiß der heiterste der ganzen Gesellschaft.
Noch acht Tage vor seinem Ende hatte er eine Gesellschaft von lutherischen und reformirten Predigern
bey sich, jeder freute sich über seine Heiterkeit, er
hielt durch sie seine Gesellschaft über die gewöhnliche Zeit beisammen, und sie gestanden alle, noch
wenige so vergnügte Abende genossen zu haben. —
Oefter hatte er von jeher, besonders Abends, Be-
suche von einigen nähern Bekannten und Freunden, bei denen er auch immer sehr heiter war.
In den letztern Jahren waren besonders einige
junge Männer seine Gesellschafter, denen er fast
immer die letzten Stunden des Tages widmete,
und die auch oft seine Tischgesellschaft ausmachten.

Gewiß ein schöner Beweiß, daß er auch in den Jahren, wo seine Kräfte so sehr abgenommen hatten, noch immer das besaß, was ein Greiß haben muß, um unter jüngern vergnügt zu seyn, und sie um sich her vergnügt zu sehen; um jüngere zu lieben, und ihre Liebe und Zutrauen sich zu erwerben — Lebhaftigkeit des Geistes, und ein gutes, ruhiges, zur Freude gestimmtes, liebevolles Herz! —

Nicht anders kannten wir ihn auch im Kreiß seiner Familie. Sein Aeusseres hatte zwar meistens den weisen Ernst des Vaters und Erziehers, aber sein Herz verschloß immer die zärtlichste Liebe gegen die Seinen. Er war unter ihnen immer heiter, nahm den innigsten Antheil an ihren kleinsten Freuden, und war immer voll der zärtlichsten Sorgfalt für sie. Ich empfand sein Vaterherz am meisten. Ich habe noch wenig von mir geredet — aber hier laßt mich! — Nie werd ich's vergessen, wie weich der sonst so veste Mann am Tage meiner Trennung von ihm war — wie er in den letzten Augenblicken zu Gott über mir betete, wie er mit seinem Segen mich entlies, und Thränen die letzten Worte erstickten! — Herzlicher, inniger, liebevoller und frömmer kann kein Vater an seinen Sohn schreiben! — O es ist was unaussprechlich seeliges als Studirender einen

frommen liebenden Vater zu haben! Wie zärtlich wa=
ren die Versicherungen seiner Liebe, wie groß ihre
Beweise! Wie väterlich fromm seine Ermahnun=
gen, Wissen und Frömmigkeit zu verbinden! Wie
ehrwürdig seine Hinweisungen zum Vertrauen auf
Gottes Führungen! Wie nachsichtig und zurecht
weisend war er bei Verschiedenheit der Meinungen!
Wie unwiderstehlich eindringend sein — Prüfet al=
les! — Und dann seine Freude, wie er mich wie=
der erhielt, sein Dankgebet zu Gott, und wie er
da wieder auflebte! — O du warst ein guter,
guter Vater! Werde ich — wird je eines deiner
Kinder, dir danken können, wie du es verdientest! —

Er mußte freilich seine Zeit zwischen Büchern
und seinem Amte und seinen Kindern und seinem
Haußwesen theilen; aber nie fiel die Theilung so
ungleich aus, daß die letztern darunter hätten lei=
den müssen; und er durfte ohne Gefahr den er=
stern mehr Mühe und Zeit widmen, da er in der
Vorsorge für die letztern unsre gute Mutter zur
redlichen und treuen Gehülfin hatte.

Seine Erziehung erleichterte ihm sein sehr
richtiger Blick in die Natur seiner Kinder und sei=
ne sehr guten Grundsätze in der besondern Erzie=
hung eines jeden. Gegen das eine war er mehr, ge=
gen das andere weniger streng, dem einen ließ er seine
Zufriedenheit merken, mit dem andern war er in

deſſen Gegenwart nie zufrieden, das eine lobte er
für das was geſchehen, dem andern ſagte er nur,
was noch mehr hätte geſchehen ſollen.

In ſeinem Haußweſen unterſtützte ihn das,
daß er, von jeher in allem an Ordnung gewöhnt,
auch hier immer nur Ordnung zu erhalten, nie
erſt einzuführen oder wieder herzuſtellen hatte. So
konnte er auch bei einem jähen Todt ruhiger die
Seinen verlaſſen.

Er hatte immer die Seinigen geliebt, war immer gern unter den Seinigen geweſen. Es ſchien
aber, als hätte ſeine Liebe und Anhänglichkeit an
ſie noch mehr zugenommen, je näher er dem Todte
kam. Sonſt hatte er ſich Abends vorleſen laſſen,
aber nun füllten meiſtens Unterredungen mit den
Seinigen die Abende bis zur Mitternacht aus.
Es kann ſeyn daß es nur uns nur ſo dünkt,
aber auch der Stoff ſeiner Unterredungen ſchien
die Veränderung ahnden zu laſſen. Am liebſten
und meiſten ſprach er von ſeinen Schickſalen und
ſeinen Erfahrungen, und nützte ſie, um uns die
große Lehre einzuſchärfen: Es iſt der Vater im
Himmel, der unſre Schickſale leitet! —

So entriß der Todt den guten Vater aus
unſrer Mitte! den Liebenden aus der Liebenden
Kreiß! Aber er ließ uns ſein Andenken, ſeine

Liebe, sein Beispiel, und die Hofnung einst
ihn wieder zu haben! —

Seelig alle, die im Herrn entschliefen!
Seelig, Vater! bist auch Du!
Engel brachten Dir den Kranz, und riefen,
Und Du giengst in Gottes Ruh!

Doch in Deiner Ueberwinder-Krone
Senck'st Du noch den Vaterblick auf mich;
Betest für mich an Jehovah's Throne
Und Jehovah höret Dich! —

Schriften.

1) *Commentatio de anno sexagesimo Judaeis sacro.* *Jenae* 1744. 4.

2) *Meditatio de summa summi numinis sapientia in dilectu legatorum sacrorum quam maxime conspicua, ad Matth. XI. 25. Erford.* 1750. 4.

3) Denkmahl der Jubelfeyer, welche wegen des, den 25ten Sept. 1555. zu Augsburg geschlossenen, Religionsfriedens, *Dom. XVIII. p. Trinit.* 1755. in Erfurt und insonderheit in dasiger Evangelischen Raths = und Predigerkirche gehalten worden, Erfurt. 1755. 8.

4) *Mortis atque resurrectionis Christi contemplationem ad cognoscendum patrem ejusque erga homines amorem esse efficacissimam, ex Joh. XIV. 7. planum facit G. C. B. Mosche. Erfordiae* 1758. 4.

5) Die Hofnungen zu Gott als die Stärke der Schwachen. Eine über Jes. 40, 31. gehaltene Trauer = und Gedächtnißpredigt bei dem Leichenbegängniß Herrn D. J. A. Lozzen, des evangelischen Ministerii Seniors und Pastoris primarii der Raths = und Predigerkirche in Erfurt. 1758. 4.

6) Die seeligsten Beschäftigungen der Lehrer und Zuhörer vor ihrer Trennung, in einer Abschieds= predigt *Dom. 2. p. Epiph.* über die Epistel

Röm. 12, 7—16. zu Erfurt vorgestellt; Erfurt. 1759. 4.

7) *Commentatio de reditu Christi in vitam, futuro ipsius ad judicium extremum exercendum reditui, fidem & fundamentum adjungente, ad Actor. XVII. 31. Arnst. 1759. 4.*

8) Das würdige Verhalten derer, welchen der Fürst des Friedens zuruft: Friede sey mit euch! — eine Predigt am Friedens= und Dankfeste am Sonntage Quasimodogeniti 1763. über Pf. 102, 18—21. in Arnstadt gehalten. Arnst. 1763. 4.

9) Die Absichten Gottes bei den ehelichen Verbindungen derer, welche einander vorher fremd und unbekannt waren. Eine Rede bei der Trauung Herrn S. B. Ludewigs Kauf= und Handelsmanns in Arnstadt und Jgfr. J. M. Ch. Böhmin. Arnst. 1765. 4.

10) *Triplex, quo S. Paulus Rom. VIII. 19 — 25. immensam atque incomparabilem gloriae coelestis magnitudinem confirmat, argumentum illustrat, G. C. B. M. Arnst. 1768. 4.*

11) Die Pflichten der Christen Gott zu loben, so lange sie leben, eine Predigt am 14. Sonntage nach Trinit. 1770. zu Arnstadt gehalten. Arnst. 1770. 8.

12) Die Bestimmung der Menschen zur Ewigkeit, aus der Unvollkommenheit aller irrdischen Glückseligkeit; vor der am 17. Nov. 1770. geschehenen Beerdigung Herrn D. J. E. Hartungs, Fürstl. Schwarzb. Geh. Raths, Arnst. 1770. Fol.

13)

13) Drey Predigten über die Herrlichkeit Gottes in dem Reiche der Natur. Arnst. 1771.

14) Der Bibelfreund, eine Wochenschrift 1—4ter Th. Arnst. 1770—73. 5 und 6. Th. Frankf. 1778, 1779. — Aus dem letzten Theil des Bibelfreundes ist auch besonders abgedruckt: Beiträge zur Vertheidigung der Auferstehungsgeschichte Jesu gegen die neuesten Einwürfe. Frankf. 1779.

15) Der Trost der Frommen in der Theurung, eine Predigt am 7ten Sonntag nach Trinit. 1771, auf Veranlassung der damaligen Theurung in Arnst. 1771. 8.

16) Stille seyn und Hoffen als zwei zuverlässige Beförderungsmittel der wahren Stärke des Geistes, vor der am 10. Sept. 1771. geschehenen Beerdigung Herrn Jacob Franckens, Fürstl. Schwarzb. Geh. Raths. Arnst. 1771. Fol.

17) Den eben so grossen als unläugbaren Einfluß des Christenthums in das Glück der Ehe; eine Rede bey der Trauung des Herrn Gilles Heinrich Steffens, Kauf= und Handelsherrns in Mühlhausen und Jgfr. J. H. Böhmin, den 22. Okt. 1772. in Arnst. gehalten. Arnst. 1772. 4.

18) *Specimen inaugurale theologicum de Theologia populari. Goettingae* 1773. 4.

19) Die Absichten Gottes, bei der Trennung derer, die einander lieben. Eine Abschiedspredigt über das Evangel. Luc. 7. 11—17. den 16. Trinit. 1773. in Arnst. gehalten. Arnst. 1773. 8.

f

20) Zwo Ursachen, warum Diener Christi sein Evan=
gelium auch in grossen Gemeinen getrost und
freudig verkündigen können ; Antrittspre=
digt zu Frankfurt am Mayn den 20 Trinitatis
1773. über Psalm 40, 10 – 12. gehalten, Frkft.
1773. 8.

21) Sammlung einiger Predigten über die Herrlich=
keitGottes in der Natur. Frfurt. und Lpzg. 1774. 8.
— Zweite verbesserte Auflage. Ebend. 1782.

22) Erklärung aller Sonn= und Festtagsepisteln. Frkft.
1775 — Neue Auflage Ebend. 1780.

23) Anmerkungen zu den Sonn= und Festtagsepisteln,
Erster Abschn. Frfct. 1776. Zweiter Abschn. 1777.

24) Erklärung aller Sonn = und Festtagsepisteln. Zwei=
te ganz umgearbeitete Auflage. Erster Theil. Frfrt
1788. Zweiten Theils erster Abschn. Ebend 1790.
Zweiten Theils zweiter Abschn. Ebend. 1790. 8.

25) Predigten auf alle Sonn= und Festtage des gan=
zen Jahres , über lehrreiche und wichtige Zeug=
nisse der H. Schrift. Arnst. 1776. 8.

26 — 40) Auszüge aus seinen Predigten von 1775
— 1789 Frkfurt. 8. Funfzehn Jahrgänge.

41) Sammlung einiger Casualpredigten, Frankfurt
1780. 8.

42) Jesus als der Preis des Volks Israel, eine am 18.
Julius 1781 über Luc 2, 32 vor der Taufe
zweier jüdischer Studenten zu Frankfurt gehal=
tene Rede. Frankf. 1781. 8.

43) Erklärung aller Sonn = und Festtagsevangelien.
Frankf. und Leipz. 1781. = 83. 3 Theile 8.

44) Erklärung der Leidensgeschichte Jesu. Frankf. u.
Leipz. 1785. 2 Theile. 8.

45) Frankfurtisches neues Gesangbuch zur Beförde=
rung der öffentlichen und häuslichen Andacht.
Frankf. a. M. 1789.

46) Sammlung derjenigen Psalmen und andrer aus
der H. Schrift alten und neuen Testaments ge=
nommener Capitel, welche bey den täglichen Bet=
stunden abgelesen werden. Frankf. 1789.

47) Gedächtnißpredigt auf Joseph II. gehalten am
Sonntag Judica über 1. B. Mos. 50, v. 24.
Frankf. 1790. 8.

Besondere einzelne Abhandlungen.

1) Betrachtungen über die Glückseligkeit der Leid=
tragenden. — In dem Langischen Denkmal ehe=
licher und väterlicher Liebe. pag. 35. Halle 1765.

2) Betrachtung über den wahren Schmuck christli=
cher Frauenzimmer, nach 1 Petri 3, 34. In
dem Silberischen Denkmal ehelicher Liebe. pag.
69. Arnst. 1770.

3) Die Absichten Gottes bey derjenigen Verherrli=
chung seiner Gnade, deren er die Lehrer des
Evangelii Jesu würdiget, aus 2 Cor. 4, 7. ei=
ne Jubelpredigt an den vom Hrn. Joh. Georg
Schmidt, Evangel. Prediger und Consistorial=

rath zu Frankf. am Mayn, am 5ten December
1775. gefeierten Amts-Jubelfest. In dem Ju-
belgedächtniß Hrn. J. G. Schmidts. pag. 13.
Frankf. 1775. 8.

4) Verschiedene Abhandlungen in der im J. 1755.
56. 57. in Erfurt herausgekommenen Wochenschrift: Die Religion.

5) Nachrichten von den milden Beiträgen zu dem
Arnstädtischen Waisenhause vom J 1763 — 72.
nebst Abhandlungen verschiedener, die wohlthätigen Anstalten betreffenden Materien.

6) Sammlung einiger Gebete, welche von den Wai-
senkindern in Arnstadt Morgens, Mittags und
Abends, wie auch bey andern Gelegenheiten zu
Gott abgeschickt werden. Arnstadt in 8.

Auch besorgte er eine neue Auflage des Arnstädter Kirchengesangbuchs und setzte eine neue Vorrede vor. — Von Hübners biblischen Histo-
rien besorgte er dort auch einen neuen zweckmäßig veränderten Abdruck.

Anhang.

Es wünschten mehrere Freunde meines verstorbenen Vaters die Gedichte, welche bey seinem Tode verfertiget worden sind, zu besitzen, da sie, wegen der geringen Anzahl der Abdrücke, in weniger Hände haben kommen können.   Ich freue mich, bey dieser Gelegenheit ihren Wunsch erfüllen zu können, und ich glaube gewiß hoffen zu dürfen, daß auch bey andern Lesern der innere Werth dieser Gedichte den wiederholten Abdruck rechtfertigen werde.

Bei
dem Grabe
des
Herrn
D. Gabriel Christoph Benjamin
Mosche
von
seinen wärmsten Verehrern

J. Ph. Benkard, d. Pred. A. Kand. aus Frankfurt.

F. A. Lade, d. Pred. A. Kand. aus Wiesbaden.

N. G. Eichhoff, d. Pred. A. Kand. aus Frankfurt,
   (Verf. des Gedichts.)

F. K. Kaiser, d. Pred. A. Kand. aus Frankfurt.

F. A. Voigt, d. Rechte Kand. aus Schwarzburg-Sonders-
   hausen.

Frankfurt am 11. Februar 1791.

Auf den Regen folgt die Sonne,

Auf das Weinen hohe Wonne,

Auf das Scheiden Wiedersehn,

Auf das Sterben Auferstehn. —

Rosegarten.

Also geschah des Unendlichen Wille! — Drum
trofnet die Thränen!

Trofne sie, christliche Gattin, des christlichen wür=
digen Mannes,

Trofnet sie, würdige Kinder, des besten zärtlichen
Vaters!

Denn des Unendlichen, Allbarmherzigen Wille ge=
schah so! —

Diesen in christlicher Demuth zu ehren — lehrt ja
sein frommer

f 5

Wandel — sein rührendes Beispiel Euch immer
wenn Er, mit Schmerzen

Kämpfend — himmlische Ruhe im Auge — zum
Vater aufblikte,

Schweigend Euch sagte: „Ehret den Willen des
Vaters der Liebe!"

„Ach! wir sahn ihn nicht sterben — wir konnten
ihn nicht mehr

„Brünstig umfaßen — den Seegen von seinen Lip,
pen nicht hören —

„Ach! wir konnten ihn nicht aus Thal des Todes
geleiten —

„Nein! als wär' er ferne von uns seinen Lieben,
so schied er! —

Sterben saht Ihr Ihn nicht, Er lehrte durch ei,
genes Beispiel

Sterben Euch nicht, wie ein von Jesu Christo
belehrter

Seliger Hofnung erfülleter Schüler nur stirbt —
aber längst schon

Lehrt' Er durch täglichen Wandel mit Gott zu le,
ben, daß freudig

Hoher und seliger Ahnungen voll man ruhig zum
Staub' sinkt.

Längst schon enthüllt' Ihm Sein Heiland das grosse Räthsel vom Tode;

Ganz aber schaute Er itzt in des hohen Geheim-
nisses Tiefen.

Siegend entschwebte Sein Geist, im Vorschmak
der höheren Wonne

Seliger Geister, umgeben von ihnen, der Hülle des
Körpers;

Folgte dem höheren Rufe vom Throne des Vaters —
erblikt' im

Buche der muthigen Sieger, der kronenwerthen
Bekenner

Seinen Namen geschrieben. Er betet am Throne
des Mittlers,

Sieht mit Entzücken die Schaaren von Ihm geret-
teter Seelen.

Zahlloser Jubel des Dankes ertönt dem kommenden
Retter!

Faßt ihn, diesen Gedanken, Ihr Edlen, dann
schweiget die Klage,

Trofnen die Thränen, als hätte der Selige selbst
sie getrofnet.

Dann, Ihr Edlen, verstummet besiegt der Menschheit Empfindung,

Weichet höh'rer gewaltiger Tröstung, der Tröstung
des Christen.

Herzdurchfressender Gram verschwindet, wie Nebel
des Morgens

Vor den mächtigen Strahlen der leuchtenden Sonne.
Zum schönen

Herrlichgrossen Gedanken wird dann Sein Tod
Euch noch werden!

Bruder! ruft Ihm Sein Heiland, Retter! rufen
Ihm Alle,

Denen Er Jesum verkündigt, und die Er zu Ihm
geführet.

Drum, Edle, sollt Ihr nicht weinen, Ihr sollet
als Christen des Ew'gen

Rathschluß: — Er sterbe und kehre zu mir! —
in Demuth verehren.

Ach Er folgt' ja so willig der fromme Dulder, der
Gute!

Folgte dem Rufe des Vaters in die Gefilde des
Friedens,

Wo Er, entnommen dem Kummer, den Schmerzen,
nicht mehr sich härmet.

Nichts Ihr Theuren — ach nehmt dies zu Herzen! — vermag dort zu trüben

Seine unendliche Wonne als Euere harmvolle
Klage!

Euer vergebliches Sehnen — ach! es vermag ihn
doch nicht mehr

Aus der Ruhe Gefilden in Eure Mitte zu rufen! —

Tief beugt uns auch sein Scheiden — und wird
noch tiefer uns beugen! —

Ach! Er war uns ja alles, Er war uns armen
Verlaßnen

Lehrer und Vater und Muster und Beispiel und
Tröster — nun stehn wir

Einsam verlassen — doch fürder wird noch die heil'-
ge Erinn'rung

An den Seligen Kraft zum Beharren im Kam-
pfe uns geben.

Hehr dann und heilig, o Freunde! sei uns der Tag
     Seines Todes

Immer wollen wir ihn in heiliger Stille begehen.

Wollen einander uns sagen, wie Er gelebt hat,
     und wie Er

Muthig und unermüdet gekämpft hat für Seines
     Erlösers

Heilige Lehre und wie Er christliche Tugend be-
     fördert;

Reichen brüderlich dann uns die Hände, geloben
     einander

Gleiches Streben, zu wandeln nach Seinem erha-
     benen Beispiel!

Frankfurts Genius

bey des

verewigten

Mosche's Gruft

von

M. J. G. Göntgen

Prediger in Bornheim

———————§———————

Frankfurt den 11. Hornung 1791.

Hier an diesem Grabe will ich weilen,
Das des Weisen Erdenrest verschließt,
Dessen Geist, den Lichtquell zu ereilen,
Schon den Vorschmack höhern Glücks genießt.

Weil' auch du mit unverwandtem Blicke,
Frankfurts Bürger! hier an Mosche's Gruft!
Der Ihn einst dir gab zu deinem Glücke,
Ist's, der Ihn — so schnell Ihn wieder ruft.

Wirst du dankbar Seine Asche ehren,
Wenn Sein Bild dir oft vor Augen schwebt,
Und wenn, Vorurtheile zu zerstöhren,
Er dir noch in Seinen Schriften lebt?

Ober wirst den Lehrer du verkennen
Eh man fern kaum Seinen Tod erfährt?
Da einst Enkel Ihn mit Ehrfurcht nennen? —
O dann warst du warlich Sein nicht werth! —

Raftlos, voll des heurigsten Bestrebens,
Wahrheit zu erforschen, selbst zu sehn:
Dis nur war Geschäfte Seines Lebens,
Nicht mit halbem Wissen sich zu blähn.

Flittertand ftatt ächten Golds zu bieten,
Der Minuten Täuschung kaum gewährt;
Mühsam schöne Phrasen auszubrüten,
War des Stundenaufwands Ihm nicht werth.

Ernst und feyerlich, nach Christus Lehre,
Die nicht eitle Phantasien nährt,
Stand, sprach Er; nicht Seine eigne Ehre,
Menschenwohl nur war's, was Er begehrt'.

In dem Strahl der milden Frühlingssonne,
In der Sommerlaube, auf der Flur,
Lachte Weisheit Ihm; mit Herzenswonne
Predigt' Er den Schöpfer der Natur.

Nur am Glanz der Wahrheit sich zu weiden,
Hemmte Schwachheit selbst nicht Seinen Lauf;
Zu des Gatten und des Vaters Freuden
Opfert Er des Lehrers Pflichten auf.

Bis zu Seiner letzten Lebensstunde,
Wo der Tod Ihn plötzlich übermannt,
Hat Er, mit der Wahrheit fest im Bunde,
Ihre holden Reize nicht verkannt.

Edeln Stolzes warf Er sich nicht nieder
Vor der falschen Schmeicheley Altar;
Seine Seele — grad war sie und bieder,
Wie sonst ächter Deutschen Seele war.

Drum traf auch bey undankbarer Mühe
Nie des Spötters Pfeil Sein edles Herz;
Daß im Busen reine Andacht glühe,
Strebt' Er troz Bigotterie und Scherz.

Nur, wenn einsam Ihn in trüben Stunden
Des Jahrhunderts Leichtsinn tief gebeugt,
Hab' ich nassen Blicks Ihn oft gefunden,
Voll des Grams, der Edle dann beschleicht,

g 2

Wenn der Lüste Strom der Unschuld Blüthe
Schon von zarten Rosenwangen wischt;
Wenn ein gift'ger Hauch in dem Gemüthe
Früh der Tugend Hochgefühl verlischt.

Und wenn Gottes Bild in Menschenseelen
Grobe Erdensinnlichkeit entstellt;
In dem Wahn, sein Glück nicht zu verfehlen,
Sich der Mensch den Thieren zugesellt.

Drum will ich an Seinem Grabe weilen;
Freuen mich der ausgestreuten Saat.
Wohl, wenn, Seine Seligkeit zu theilen,
Frankfurts Lehrer wallen Seinen Pfad!

Denkmal
der Ergebenheit und Liebe
dem weiland

Hochwürdigen und Hochgelahrten Herrn

Herrn
Gabriel Christoph Benjamin
Mosche
der heil. Schrift Doktor, Eines Evangelischen
Ministerii Senior, Konsistorialrath und
Prediger an der Hauptkirche zu den
Barfüßern

den 11. Februar 1791

errichtet

von

J. C. S.

Wie wenn ein Wetterstral die hohe Eiche ————
. So ———— Dich der ———————— ——,
Verewigter! Noch ————, ———————, und
———— ————,
Und kämpft mit dem ———————— Sinn.

Ein Donnerschlag war sie in unsrer Bürger Ohren,
Die ————————schaft: Mosche ist nicht mehr!
Er, den die Vorsicht uns zum Lehrer einst erkohren,
Liegt schon erstarrt; — Er ist nicht mehr!

Zwar gieng er oft vor Dir in seinem Grimm vorüber,
Der Tod, Du kanntest seinen leisen Tritt;
Doch war's nur Drohn; allmächtig bot die Hand
herüber
Die Vorsicht, und hemmt seinen Schritt.

Auch sahst Du, wie er nicht der Rosenwange schonet, .
Wie er die Lilie vom Stengel knikt,
Wenn Menschenthaten früh des Schöpfers Wille
lohnet,
Und ihn dem Erdenthal entrückt.

Den Jüngling; das sahst Du am Sohn, der lang
　　　　　　　die Hülle
　　Der Sterblichkeit vor Dir hat abgestreift,
Itzt neben Dir mit hoher Seligkeiten Fülle
　　In eines Engels Harfe greift.

Es bebte nicht Dein Geist vor des Geschickes
　　　　　　　Dräuen,
　　Du duldetest mit Muth als Mann und Christ;
Und wir, wir konnten uns noch Deines Alters freuen,
　　Das Dir von Gott beschieden ist.

Doch ach! so schnell war sie, so gar zu schnell
　　　　　　　verschwunden,
　　Die süße Hofnung — wie ein Morgentraum.
Schon hat der junge Tag geschäftig Dich gefunden,
　　Dich grüßten Gattin, Kinder kaum,

Und Dein Geliebter riß sich froh aus ihrer Mitte,
　　Zu wallen hin an einer Freundin Grab;
Und ach! Du selbst giengst mit unaufgehaltnem
　　　　　　　Schritte
　　Zu bleichen Schatten schon hinab.

So dunkel ist der Weg, den er die Deinen leitet,
　　Verklärter Geist! der jedes Schiksal wägt.
Doch süße Hofnung noch, die Sterbliche begleitet,
　　Wenn banger Gram sie niederschlägt;

Des Wiederſehns Gewinn, den nur ein Gott der
Liebe
Den Flehenden zur feſten Stütze reicht,
Erheitert ihren Blit, der düſter noch und trübe
Hinab zu Deiner Gruft ſich neigt.

Nun ärnteſt Du, befreit von jedem Kampf und
Leiden:
Der Krone Schimmer ſtrahlet weit:
Denn edle Thaten ſind's, die Deinen Geiſt be-
gleiten
Zum Lohne der Unſterblichkeit.

Predigt

Predigt

bey der Wahl

Kaiser Leopold des Zweyten

über

Matth. 28, 18.

gehalten

in der St. Catharinenkirche

den 3ten Okt. 1790.

Anbetung, Preiß und Ehre, sey dir, Gott Vater,
Sohn und Geist!
So singen dir die Chöre, der Schaar, die dich
vollkommner preißt.
Anbetung, Preiß und Ehre, dir, der du warst und
bist.
Wir stammlen's nur; doch höre, hör uns, der
ewig ist! — Amen!

———————

Gerecht und gegründet ist zwar eine jede Freude,
welche aus dem Genuße göttlicher Wohlthaten ent-
stehet: indessen empfindet doch unsere Seele besonders alsdenn die angenehmste und lebhafteste Bewegung, wenn sie vorher betrübt und bekümmert war,
und hierauf ihre Traurigkeit durch wunderbare Fü-
gungen der göttlichen Vorsicht in Freude verwandelt wird.

Unter diesen Umständen legte schon der Verfasser des 126ten Psalms, im Namen derer,
die mit ihm aus Babel nach Canaan zurückgekom-
men waren, folgendes Bekenntniß ab: Der Herr
hat Großes an uns gethan, des sind wir
frölich.

A 2

4

Billig, Geliebte! erklären auch wir uns über
die Ursachen derjenigen Freude, die wir nicht nur
bisher empfunden haben, sondern auch noch empfinden, und die unsere Obrigkeit zu der uns anbe-
fohlenen Feier dieses Tages bewogen hat, durch
eben diese jetzt angeführten Worte: billig ant-
worten wir denen, die sich nach den Bewegungs-
gründen der uns alle belebenden Freudigkeit erkun-
digen: Der Herr, der einzige und ewige Gott,
hat Großes an uns gethan: des sind wir
frölich.

Uns allen ist es bekannt genug, und schon
vor drey Tagen öffentlich und feierlich bekannt gemacht worden: daß des jetzt regierenden Königs von Ungarn und Böhmen Majestät,
Leopold der Zweyte, von den sämmtlichen
hohen Churfürsten, durch ihre bisher hier versammlet
gewesene Wahlbothschafter, zum Römischen König und Kayser einmüthig sey erwählet worden.
Erwägen wir aber, daß auch nicht einmal das,
was uns unwichtig zu seyn scheinet, ohne den Vater im Himmel, geschehe, und geschehen
könne; so folget hieraus von selbst, daß sich also
noch viel weniger eine so große und wichtige Begebenheit, als die nun vollendete Wahl eines so
mächtigen Regenten ist, ohne Vorwissen und Mit-
wirkung des Vaters und Herrn Himmels und der

Erde, habe ereignen können. Auch jetzt muß ein jeder, der über das, was wir in diesen Tagen erlebt haben, nur einigermaßen nachdenkt, bekennen und sagen: Das hat der Herr gethan! Er hat auch jetzt gezeiget, daß selbst die Herzen der Könige und Fürsten in seiner Hand sind, wie Wasserbäche; und daß er sie neigen könne, wohin er wolle; Er hat die Herzen der hohen Churfürsten zu dem, der ihres Zutrauens so würdig war, geneiget; Er hat während der, durch das Ableben des großen und unvergeßlichen Josephs veranlaßten Zwischen-Regierung, nicht nur Ruhe und Friede erhalten, sondern auch diese beyde Stützen unsrer irdischen Wohlfahrt, durch die, auf den erhabenen Thronerben desselben gefallene Wahl, noch mehr befestiget, und uns zu den erfreulichsten Aussichten in die Zukunft berechtiget, ja verpflichtet.

Hat nicht aber der Herr, der alles dies gethan hat, und dem wir diese Vorzüge und Wohlthaten zu danken haben, auch zugleich Großes an uns gethan? Hat er uns nicht durch eben so deutliche als große Beweise überführet: daß er groß von Rath und mächtig von That sey; ja, daß er sich noch immer über uns und über unser ganzes deutsches Vaterland erbarme, wie sich ein Vater erbarmet über seine Kinder.

A 3

Billig sind wir aber auch eben deswegen frö=
lich; und billig erfüllt auch — besonders an diesem
Tage, Freude unser Herz! Allein sollen und
dürfen wir es etwa bey diesen Empfindungen,
und bey diesen und jenen äusserlichen Ausbrüchen
derselben bewenden lassen? — Wir alle sind Christen,
und unterscheiden uns durch diesen Vorzug von
unzähligen andern, mit denen wir einerley Ursprung
und einerley Natur gemein haben. Von diesen
können und müssen wir uns aber auch, durch gewisse
Betrachtungen und durch die mit denselben verbun=
dene Gesinnungen, unterscheiden.

So ist es billig, so ist es nöthig, daß Christen Freunde
ihrer Freunde sind: Aber Christen müssen sich überdies
auch als Freunde ihrer Feinde beweisen. Dies lehret
unser Herr und Erlöser, Jesus Christus nicht nur;
sondern er zeigte auch, daß sich seine Jünger durch
dieses Verhalten von denen, die sich zu seiner Lehre
nicht bekennen, unterscheiden müsten. Er selbst
that daher denen, die sich zwar zu ihm hielten, aber
ihre Freundschaft nur auf ihre Freunde einschränk=
ten, folgende Vorstellung: So ihr euch nur
zu euren Brüdern freundlich thut, was thut
ihr denn sonderliches? Thun nicht die Zöll=
ner auch also? Und von diesen sollt und müßt ihr
euch unterscheiden.

An diese Vorstellung Christi erinnere ich auch jetzt euch, die ihr hier versammlet seyd, und rufe euch auf ähnliche Art zu: So ihr euch nur überhaupt über Begebenheiten, die eben so wichtig, als wohlthätig sind, freuet; was thut ihr denn sonderliches? Thun nicht alle diejenige, die sich und ihre Wohlfahrt lieben, auch also? Auch bey der Erwägung großer und erfreulicher Weltbegebenheiten, können sich nicht nur Christen vor denen, die es sind, auf mehr, denn auf eine Art und Weise unterscheiden, sondern sie sind auch hierzu verpflichtet. Diese Bemerkung stehet mit diesem festlichen Tage und mit der grossen Begebenheit, zu deren Andenken derselbe gefeiert wird, in einer zu genauen Verbindung, als daß wir sie nicht in Erwägung ziehen sollten. Dies soll daher in dieser Stunde die Beschäftigung unsrer Andacht seyn; vorher aber wollen wir Gott um alles, was zu einer ihm wohlgefälligen Betrachtung seines Wortes gehöret, anrufen ꝛc. ꝛc.

Diejenige Stelle der heiligen Schrift, welche für die heutige Dank- und Freudenfeier vorgeschrieben worden, stehet:

Matth. 28, v. 18.

Jesus trat zu seinen Jüngern, redete mit ihnen und sprach: Mir ist ge-

A 4

geben alle Gewalt im Himmel und
auf Erden.

Unser göttlicher Erlöser gab diese jetzt abgele=
sene Versicherung seinen Aposteln zu der Zeit, zu
welcher er bereits auferstanden, und seinen Jün=
gern auf einem Berge in Galiläa, auf welchem er
sie beschieden hatte, sichtbar geworden war. Aber
eben diese Versicherung überzeugt uns nicht nur
von der Größe und Hoheit Jesu auf das deutlich=
ste, sondern Christen sind auch schuldig an dieselbe,
so wie allezeit, also insonderheit bey solchen Vor=
fallenheiten, welche in die Beförderung der allge=
meinen Wohlfahrt und Ruhe einen nicht geringen
Einfluß haben, sich zu erinnern, und sich besonders
auch dadurch von vielen andern Erdbewohnern
zu unterscheiden. Dies wollen wir jetzt weiter dar=
zuthun suchen; denn es soll

Das Eigenthümliche der Christen bey
der Erwägung großer Weltbege=
benheiten

der Innhalt unsrer Betrachtung seyn. Dieses
Eigenthümliche der Christen bey der Erwägung
großer Weltbegebenheiten besteht darin:

I. daß sich Christen bey der Erwägung gros=
ser Weltbegebenheiten von der Größe
Christi überzeugen, und

II. auch durch sie sich ermuntern, Christum auf die rechte Art zu verehren.

So wie eine jede Handlung eine gewisse Ursache voraussetzt, so hat auch jede ihre Folgen. Indessen sind freilich diese Folgen nicht immer so beschaffen, daß sie in vieler Schicksale einen großen unläugbaren Einfluß hätten. Dies können wir nur von einigen Handlungen und Ereignissen sagen. Aber nur diese sind auch eigentlich diejenigen, welche man große oder wichtige Weltbegebenheiten nennt. Diese gründen sich freilich insgemein auf gewisse sichtbare und unmittelbare Ursachen: Aber sollen und dürfen wir deswegen bey diesen allein stehen bleiben? Nein! das sey ferne! Wir haben zwar Augen zu sehen, und Ohren zu hören; aber wir haben auch eine Seele, mit welcher wir über das, was wir sehen, hören und empfinden, nachdenken, und aus dem, was sichtbar ist, auch selbst das an sich unsichtbare Wesen des Schöpfers und Regierers der Welt, seine ewige Kraft und Herrlichkeit zu erkennen und durch dasselbe zu ihm uns zu erheben, vermögend sind.

Dies können nicht nur alle diejenigen, welche die Vernunft, die in ihnen ist, gehörig brauchen; sondern sie sind auch hierzu verbunden.

Denn selbst diejenigen Völker, welche ohne Offenbahrung leben, haben alsdenn, wenn sie das Daseyn und die Regierung Gottes nicht erkennen, keine Entschuldigung ihrer Unwissenheit für sich. *) Noch vielmehr müssen also Christen nicht nur erkennen und glauben, daß Ein Gott sey, sondern sie müssen auch überzeugt seyn und bedenken, daß nichts geschehe und geschehen könne, was nicht Gottes allmächtiger Rath zuvor bedacht hat, daß es geschehen solle. **)

Indessen müssen und dürfen es Christen auch bey diesen Betrachtungen dessen, was sie sehen oder hören, noch nicht bewenden lassen: Sie müssen sich vielmehr von denen, die das Evangelium Jesu entweder nicht haben, oder nicht annehmen, besonders auch dadurch unterscheiden, daß sie sich bey denjenigen grosen Weltbegebenheiten, die sie erleben, auch zugleich an die Größe ihres Herrn und Erlösers, Christi Jesu, nicht nur erinnern, sondern sich besonders auch hieraus von derselben überzeugen.

Diese Größe selbst bestehet überhaupt in denjenigen erhabenen Vorzügen, die Jesu Christo nicht etwa nur vor allen Menschen, sondern auch vor allen Geistern, und daher besonders auch vor denen,

*) Röm. I, 20.   **) Apgesch. 4, 28.

welche in der heil. Schrift Engel genennet werden, eigen sind.

Zu diesen Vorzügen gehöret zuvörderst derjenige, nach welchem er in einem solchen Verstande der Sohn Gottes ist, in welchem dieser Ausdruck von keinem einzigen erschaffenen Wesen gebraucht werden kann und darf.

Denn er ist der Abglanz der Herrlichkeit Gottes und das Ebenbild seines Wesens, *) der seinem Vater völlig gleiche Sohn; da durch ihn alles, was im Himmel und auf Erden ist, nicht nur geschaffen ist, **) sondern er auch alle Dinge mit seinem kräftigen Worte träget, oder alles durch seine kräftige Befehle verwaltet. ***) Er gehöret daher ganz eigentlich zur ewigen Gottheit, und wird eben deswegen nicht nur Gott, sondern auch der wahrhafte, der hochgelobte Gott genennet. ****)

Diese göttliche Hoheit Jesu über alles Erschaffene, und seine unmittelbare Theilnahme an der ewigen Herrlichkeit des Vaters, ist freylich höher, denn alle Vernunft; allein sollen und dürfen wir etwa eben deswegen dieselbe entweder ganz läugnen, oder zu den allergezwungensten Erklä

---

*) Hebr. 1, 3. **) Joh. 1, 3. 1 Cor. 8, 6. Col. 1, 16 Hebr. 1, 2. ***) Hebr. 1, 3. ****) Joh. 1, 1. 1 Joh. 5, 20. Röm. 9, 5.

rungen der jetzt angeführten und andrer Schrift-
stellen, unsre Zuflucht nehmen? Nein! das sey
ferne! wir alle können ja nicht einmal von der
unmittelbaren Hervorbringung der geringsten Ge-
schöpfe und von so vielen andern unläugbaren
Dingen auf Erden, sagen, wie es damit eigentlich
zugehe: Warum sollte es uns also befremden,
daß wir die innere Beschaffenheit und das Daseyn der höhern Natur des Sohnes Gottes nicht
genauer bestimmen können, als es die eigentlichen
Ausdrücke des göttlichen Wortes mit sich bringen
und erfordern?

Wir dürfen es daher ferner nicht für un-
glaublich halten, wenn uns das Wort Gottes
lehret, daß eben derjenige, der der eingebohrne
Sohn Gottes ist, ehedessen nicht nur Fleisch geworden, *) oder sich mit einer solchen menschlichen Natur, welche der unsrigen ähnlich war,
auf das genaueste und innigste vereiniget, sondern
auch sich selbst geäussert und erniedriget,
**) oder sich des völligen und beständigen Ge-
brauches, der ihm als ewigen Sohn Gottes eigenthümlichen Herrlichkeit freywillig begeben; ja,
als ein niedriger Mensch unter andern Menschen im
jüdischen Lande gelebet, und hierauf des schmähli-

---

*) Joh. 1, 14, **) Phil. 2, 7.

chen und schmerzlichen Kreuzestodes gestorben sey;
daß er aber auch hierauf am dritten Tage hernach,
wieder lebendig geworden, und von dieser Zeit an,
auch als Mensch über alles herrsche und regiere.

Denn dies lehrte ehedessen Jesus selbst, nicht
lange hernach, als er von den Todten auferstanden
war, und sich seinen ehemaligen Lehrlingen und beständigen Reisegefährten, bey seinem Auffenthalte im
jüdischen Lande, auf einem Berge in Galiläa offen-
barte; Er näherte sich nämlich — wie wir aus
unserm Texte erkennen — unter denen, die sich
damals um ihn herum versammelt hatten, besonders denjenigen Eilfen, die er zu seinen Aposteln bestimmt hatte, und die er eben jetzt zur
Ausbreitung seiner Religion vermittelst des Lehrers
und Täufers bevollmächtigen wollte; — und sprach
zu diesen: Mir ist gegeben alle Gewalt im
Himmel und auf Erden.

Als Sohn Gottes war Christus nicht nur der
Schöpfer, sondern auch der Erhalter und Herr der
Welt, schon vorlängst gewesen, und war es auch
damals, da er seinen Jüngern die jetzt angeführte
Versicherung gab; es konnte ihm mithin dieser Vorzug nicht erst nach seiner Auferstehung gegeben und
mitgetheilt werden. Er sahe folglich nur vornehmlich auf seine Menschheit, wenn er lehrte, daß ihm
alle Gewalt im Himmel und auf Erden, von

seinem göttlichen Vater gegeben sey. Denn nach=
dem er bisher alles gelehret, gethan und gelitten
hatte, was er nach dem Willen seines himmlischen
Vaters, als Welterlöser hatte lehren, thun und
leiden sollen; so wurde er hierauf nicht nur durch
seine Auferstehung, als Sohn Gottes und al=
so auch, als der Herr über alles, kräftiglich er=
weiset, oder öffentlich dargestellt, *) sondern
es wurde auch ihm, als Menschen, die Herrschaft
über alles übergeben. Gott erhöhete ihn eben
darum, weil er sich vorher freiwillig und aus un=
ermeßlicher Liebe zu seinem himmlischen Vater und
uns, auf das tiefste erniedriget hatte und gab ihm
einen Namen, der über alle Namen ist, eine
alles übersteigende Würde **). Da er, als Mensch,
für sich selbst kein Recht hatte zu einer solchen Ge=
walt, die der göttlichen völlig gleich ist, so erlangte
er dieses Recht durch die von ihm freywillig über=
nommene und vollendete Erlösung unsers Geschlechts.
Von dieser Zeit an, sitzet er — wie sich seine
Apostel sehr oft ausdrücken — zur Rechten Got=
tes. Er herrschet — wie Paulus ***) diese bild=
liche Redensart erklärt — über alles. Auch, als
Mensch, hat er eine weit gröfere Macht als alle,

_____

*) Röm. I, 4. **) Phil. 2, 9. ***) 1 Cor.
15, 25.

uns auch selbst die allerhöchsten und mächtigsten Ge-
schöpfe, haben; denn sie ist der göttlichen völlig gleich;
und er ist derselben deswegen fähig, weil in ihm
die göttliche Natur mit der menschlichen zu Einer
Person vereiniget ist.

So deutlich diese Hoheit Jesu durch ausdrück-
liche und lehrreiche Zeugnisse des Wortes Gottes
bestätiget wird; so nöthig ist es, daß sie Christen
nicht nur glauben, sondern sich auch besonders bey
wichtigen und grosen Weltbegebenheiten an diese
Größe ihres Herrn und Erlösers erinnern und von
derselben überzeugen. Denn ob sich gleich alles,
was auf dieser Welt geschieht, auf den ewigen
Rathschluß Gottes, und auf die von ihm veranstal-
tete, wenigstens zugelassene Vollziehung desselben
gründet, ob wir uns daher gleich, bey allen Gelegenheiten hieran erinnern können und müssen: so
machen doch bey uns insgemein nur vornehmlich
solche Begebenheiten einen starken und lebhaften
Eindruck, welche sich nicht immer, sondern nur
zuweilen ereignen, und die überdieß auch in vieler
Schicksale einen nicht geringen Einfluß haben,
und grose Folgen entweder wirklich nach sich ziehen, oder wenigstens nach sich ziehen können.
Begebenheiten von dieser Art erregen vorzüglich
bey denen, welche sie erleben, Aufmerksamkeit und
Nachdenken. Von beyden Beschäftigungen ihrer

Seele, machen sie aber nur alsdann einen Gott
wohlgefälligen und eben daher pflichtmäßigen Ge=
brauch, wenn sie ihr Herz von dem, was sichtbar
ist, zu dem, was unsichtbar ist, erheben, und hie=
bey nicht nur an Gott, als den Regierer der
menschlichen Schicksale, sondern auch an den Sohn
Gottes, Christum Jesum, als an den, der auch
als Mensch, mit seinem göttlichen Vater gemein=
schaftlich regieret und wirket *), gedenken; wenn
sie sich besonders auch dadurch in der Ueberzeugung
von der Herrlichkeit desselben, befestigen.

Denn sie sind nicht nur auf ihn, als auf den
eingebohrnen und ewigen Sohn Gottes, nach dem
von ihm selbst bekannt gemachten und in dem, un=
mittelbar auf unsern Text folgenden Befehl, eben
so wohl getauft, als auf den Vater und heiligen
Geist; sondern sie sind auch eben deswegen verbun=
den, ihm zu vertrauen und ihn anzubeten. Ist es
nicht also ihre Pflicht, sich, bey allen Gelegenheiten,
an die Hoheit desselben zu erinnern, und das, was
sie von derselben überführet, oft und ernstlich zu
bedenken? Mit Recht suchen daher Christen be=
sonders auch die Ursache wichtiger Begebenheiten
darinnen, daß ihm sowohl im Himmel, als auch
auf Erden, alle diejenige Gewalt, welche die Re=
gierung

---

*) Joh. 5, 17.

gierung der Welt voraussetzt, auch darum, weil er des Menschen Sohn, oder der durch das Leiden des Todes vollendete Erlöser der Menschheit ist, *) gegeben worden.

Je gewisser es ferner ist, daß Gott den von ihm auferweckten Jesum nicht nur überhaupt über alles, was Hoheit, Macht, Größe und Herrschaft, in dieser oder jener Welt genennet werden mag, erhoben, und alles unter seine Füße gethan, oder ihm unterworfen, sondern ihn auch zum Besten der Kirche, zum Oberhaupt über alles gesetzt hat; **) desto mehr sind Christen nicht nur berechtiget, sondern auch verpflichtet, besonders auch aus diesen Gründen, bey großen Weltbegebenheiten, das Andenken an Jesum, als an den Herrn über alles, zu erneuern. Das Reich Jesu ist zwar nicht von dieser Welt, ***) und daher in Ansehung seiner Verfassung, nichts weniger als eine irdische Monarchie; aber es ist doch in dieser Welt. Es haben daher auch die Begebenheiten dieser Welt in die Angelegenheiten der Christlichen Kirche einen nicht geringen Einfluß. So war, z. E. sowohl die Befreiung der ersten Bekenner Jesu von den Verfolgungen der unglaubigen Juden, als auch

---

*) Joh. 5, 27.   **) Ephes. 1, 21. 22.   ***)
Joh. 18, 36.

B

das Ende derjenigen Streitigkeiten, welche die Ver-
mischung des Judenthums mit dem Christenthum
betrafen, eine Folge von demjenigen Kriege, der
sich mit dem gänzlichen Umsturze der jüdischen Staats-
und Kirchenverfassung endigte. Und so sind auch
in den folgenden Zeiten die Mächtigen durch ihre
Gesinnungen und Anstalten der Ausbreitung des
Reiches Christi bald hinderlich, bald beförder-
lich gewesen. Wer kann und darf aber sagen,
daß dieß ohne Wissen und Willen, oder wenigstens ohne Zulassung des Hauptes der Christlichen
Gemeine, geschehen sey? Ihm ist alle Gewalt
gegeben im Himmel und auf Erden: Wie sollte
er also dieselbe nicht so brauchen, wie es die uns
zwar oft unbegreifliche, aber doch allezeit weise Vorsorge für das Beste seiner Gemeine erfordert?
Wie sollten aber Christen nicht auch verbunden seyn,
besonders deswegen ihre Gedanken auch von den
Begebenheiten dieser Welt, auf den Stifter und
Herrn der Kirche, zu welcher sie sich bekennen,
hinzulenken?

Gedenket daher auch ihr, Geliebte, bey der
heutigen Feierlichkeit, an unsern Erlöser und
Herrn, als an den, dem alle Gewalt gegeben ist, mit
herzlicher und demüthiger Ehrfurcht. Er regieret
auch als Mensch, schon vorlängst mit seinem göttlichen Vater gemeinschaftlich. Dieser Regierung

haben wir daher auch die grose und denkwürdige Begebenheit, die vor drey Tagen in unsrer Stadt geschehen ist, zu danken. Aehnliche Begebenheiten sind zwar unter uns schon oft geschehen; es sind schon oft Römische Könige und Kaiser in unsrer Stadt gewählt und ausgerufen worden: Aber noch in demjenigen Jahrhunderte, in welchem wir leben, sind solche Wahlen nicht immer mit derjenigen Eintracht aller der Hohen und Gewaltigen, die dieses Wahlgeschäft zu besorgen haben, vor sich gegangen, mit welcher diese letztere geschehen ist. Zuweilen gaben zwar die meisten unter den Wählenden dem hernach gekrönten Reichsoberhaupte ihre Stimmen, aber nicht alle. Jetzo hergegen waren alle hohe Churfürsten Ein Herz und Eine Seele. Sie alle sagten: Leopold soll künftig unser und Deutschlands König seyn! Sie alle vereinigten sich, binnen wenigen Wochen, in dem, was eines so großen und weitläuftigen Reiches, als Deutschland ist, fernere Wohlfahrt erforderte. Welch ein vorzügliches Glück, das eben dadurch vielen Millionen zu Theil geworden ist! Ein Glück, das zwar ein jeder Menschenfreund wünschte, das aber nicht ein jeder noch vor wenigen Monaten hofte und hoffen konnte! Denn der verewigte Joseph legte seine irdische Krone zu einer solchen Zeit nieder, zu welcher in

Norden und Süden fürchterliche Kriegsflammen
ausgebrochen waren. Und noch nach dem Ab=
leben desselben, wurden nicht nur die bisherigen
Kriegszurüstungen fortgesetzt, sondern auch neue
veranstaltet. Zwey zahlreiche, geübte, und furcht=
bare Kriegsheere rückten einander an den deutschen
Gränzen immer näher. Eine dunkle Wolke stieg
nach der andern auf, und drohete mit Blitz, Don=
ner und Verwüstung. Auf einmal aber zertheilte
sich dieses dunkele Gewölke, es verzog, und es
zeigte sich von allen Seiten ein heitrer und alles
mit neuer Freude belebender Himmel. Die Kriegs=
heere giengen wieder auseinander, und diejenigen,
unter deren Befehlen sie stunden, hatten und äuf=
serten gegen einander Gedanken des Friedens, nicht
aber Gedanken des Leides. Und nun wurde
eben dadurch, das, schon vor einigen Monaten,
angefangene Wahlgeschäfte, desto mehr befördert,
und vor einigen Tagen desto glücklicher geendiget.

Wem können, wem sollen wir aber diese so
große, so erfreuliche Begebenheit zuschreiben?
O gewiß, wir würden die so merkwürdigen Um=
stände, unter denen sie geschehen ist, entweder nicht
bedenken oder nicht bedenken wollen, und überdies
den Einfluß der göttlichen Regierung in alles, was
sich auf unsrer Erde zuträgt, wider unser bestes Wissen

---

und Gewissen, verkennen, wenn wir nicht auch hierbey aus inniger und gegründeter Ueberzeugung sagen wollten: Gott allein kann überschwenglich thun über alles, was wir bitten oder verstehen; *) Sein Rath ist wunderbarlich, und er führet es herrlich hinaus. **) So hat der Vater und Herr Himmels und der Erden allezeit regieret, und so regieret auch sein Sohn. An ihm haben wir nicht nur den Herrn aller Herren, und König aller Könige, ***) der alle Dinge mit seinem kräftigen Worte trägt, ****) alles, was er will, thut und schaffet, sondern auch einen mitleidigen Hohenpriester *****) und Versöhner, der die ihm im Himmel und auf Erden gegebene Gewalt so braucht, wie es seine unendliche und zugleich auch herzliche Barmherzigkeit erfordert. Ihm sey Ehre in Ewigkeit. ******)

Denn Christen unterscheiden sich — wie jetzo noch weiter gezeiget werden soll — bey der Erwägung großer Weltbegebenheiten von denen, die es nicht sind, nicht nur dadurch, daß sie sich, auch aus denselben, von der Größe ihres

*) Ephes. 3, 20. **) Jes. 28, 29. ***) Offenbar. Joh. 19, 16. ****) Hebr. 1, 3. *****) Hebr. 4, 15. ******) Röm. 11, 36.

B 3

Erlösers und Herrn überzeugen, sondern ihm auch eben deswegen, die Ehre, die ihm gebühret, völlig, und so, wie es ihm wohlgefällig ist, geben.

Dies geschieht aber nur alsdenn, wenn wir allen den Lehren, Verheißungen und Vorschriften, die er ehedessen entweder selbst, oder durch seine Gesandten bekannt gemacht hat, nicht nur, wegen der ihm eigenthümlichen Hoheit, einen unbegränzten Beyfall geben, und sie für wahr und gewiß halten, sondern auch unsere Gesinnungen und unser ganzes Verhalten, nach diesen Belehrungen immer mehr und immer sorgfältiger einzurichten suchen.

Glaubet daher das, was ehedessen Jesus gelehret hat, nicht etwa nur deswegen, weil ihn schon zu der Zeit, zu welcher er noch im jüdischen Lande lebte und lehrte, so viele für einen von Gott gekommenen Lehrer deswegen erkannten, weil niemand, als nur derjenige, mit dem Gott ist, solche Zeichen und Wunder thun könnte, als er that. *) Nehmet vielmehr alles, was Christus theils selbst, theils durch seine ersten und verdienstvollesten Jünger gelehret hat, deswegen als Gottes Wort, als göttliche und untrügliche Zeugnisse an, weil

---

*) Joh. 3, 2.

er zwar ein wahrer, aber kein bloßer Mensch ist, sondern vielmehr auch zugleich zur einigen und ewigen Gottheit selbst gehört; und weil uns hiervon insonderheit auch seine Theilnehmung an der Beherrschung und Regierung der Welt und der sich in derselben ereignenden Begebenheiten, auf das deutlichste überführet. Denn eben darum, weil er die Gottheit mit dem Vater gemeinschaftlich besitzet, eben darum hat auch er einen Verstand, der unendlich ist, der folglich weit und unendlich mehr umfaßt, als der unsrige, und der selbst über die Möglichkeit zu irren, erhaben ist. Was er also gelehret und versichert hat, ist wahr, gewiß und unsers Beyfalls würdig; wenn wir es gleich weder fassen, noch begreifen können. Auch von Christo können und müssen wir sagen: Sein Wort ist wahrhaftig.

Eben daher ist aber auch alles, was er zusaget, gewiß *) und zuverläßig. Wie erfreulich, wie tröstlich und beruhigend sind nicht aber seine Zusagen! Schon hienieden sollen, um seinetwillen, alle, die an ihn glauben, die Vergebung der Sünden, den Frieden mit Gott, Ruhe der Seele, die Kindschaft bey Gott und die zu einem Gott wohlgefälligen Wandel erforderliche Kraft

*) Ps. 33, 4.

B 4

und Willigkeit erlangen. Alsdenn aber, wenn sie sterben, sollen sie vom Tode zum ewigen Leben hindurchdringen, und zu demselben, auch in Ansehung ihres verweseten Leibes, erwecket und eingeführt werden. Daß diese und alle andere uns von Christo geschenkte Verheisungen gewis und unausbleiblich werden erfüllet werden; können und müssen wir besonders auch daraus erkennen, weil er der Herr über alles, und ihm alle Gewalt im Himmel und auf Erden gegeben ist.

Indessen setzet freylich die Erfüllung dieser Verheisungen an unsrer Seite, auch zugleich die Beobachtung derjenigen Bedingungen voraus, unter welchen uns unser göttlicher Erlöser Leben und Seeligkeit versprochen hat. Es ist daher nicht genug, daß wir zu ihm sagen: Herr! Herr! wir müssen auch den Willen seines himmlischen Vaters thun. *) Es ist nicht genug, daß wir uns seiner und seiner Erlösung getrösten und dadurch die Anklagen des Gewissens zu besänftigen suchen. Wir müssen vielmehr auch dem, der für uns gestorben und auferstanden ist, zu Ehren und zu allem Gefallen leben. Es ist nicht genug, daß wir uns seine Freunde nennen, und sagen, daß wir ihn lieben: Wir müssen vielmehr auch sein

*) Matth. 7, 21.

Wort und seine Gebote halten; folglich keines davon geflissentlich und vorsätzlich übertreten, sondern immer mehr und sorgfältiger unsern Willen seinem Willen standhaft unterwerfen und seinem Evangelio nicht etwa nur zuweilen, sondern vielmehr allezeit und in allen Fällen gehorchen. Denn mit welchem Rechte, oder vielmehr mit welchem Scheine des Rechtes, können und dürfen wir unsern Gehorsam demjenigen entziehen, der über alles herrschet, und folglich im Himmel, und auf Erden, alles was er will, schaffen und bewirken kann.

Er selbst ist für uns freylich nicht mehr sichtbar da; aber seine Lehre ist uns doch noch übrig. Aber nach derselben wird er nicht nur dereinst bey dem Ende dieser Welt, als Richter der Lebendigen und der Todten erscheinen, und einen jeglichen nach seinen Werken vergelten; sondern es stehet auch unser ganzes Leben mit allen seinen Schicksalen unter seiner weisen und gütigen Regierung. Daran gedenket, daran erinnert euch, bey allen Gelegenheiten und daher besonders auch bey derjenigen grossen und erfreulichen Begebenheit, welche das heutige Dank- und Freuden-Fest veranlasset hat.

Heil, großes und wahres Heil ist uns und ganz Deutschland dadurch wiederfahren, daß sich alle hohe Churfürsten nicht nur in der Wahl dessen

der künftig das Oberhaupt dieses großen und mäch=
tigen Reiches seyn soll, vereiniget, sondern auch
hierzu den Thronerben und Bruder unsers zwar
schon vor einigen Monaten verstorbenen, aber allen
Kennern und Verehrern großer Eigenschaften un=
vergeßlichen Kaisers, erwählet haben. Denn er
hat nicht nur schon 2ç Jahr hindurch die ansehnli=
chen Toscanischen Staaten beherrschet, sondern auch
so beherrschet, daß ganz Europa seine Weisheit
und Güte bewundert hat. Können und müssen wir
also nicht glauben, daß er also auch künftig diese
Bewunderung erhalten und verdienen werde?
Er hat sich nicht nur die unläugbare, aber auch
lehrreiche Wahrheit: Die Herzen der Unter=
thanen sind der Reichthum der Regenten,
zu seinem Denkspruche gewählet, sondern auch
sein Verhalten nach demselben, so wie in seiner
ganzen Regierung, also auch besonders zu eben
der Zeit, zu welcher die so weitläuftige und
mächtige Oesterreichische Monarchie sein Eigen=
thum geworden war, eingerichtet. Kaum hatte
er seine Königliche Regierung angetreten, so that
er alles, was er zur Beendigung des vor eini=
gen Jahren entstandenen schweren und blutigen
Krieges thun konnte. Er wollte — wie er
selbst bezeugte — während seiner Regierung lie=
ber Herzen, als Länder, erobern. Verdient

ein ſolcher Regent, nicht als ein unſchätzbares
Geſchenk des Herrn, des ewigen Erbarmers, und
als ein würdiger Stellvertreter des allerhöchſten
und verehrungswürdigen Friedefürſten *) ange=
ſehen zu werden. Danket daher Gott und dem
Vater, ſo wie allezeit, und für alles, alſo auch
für dieſe uns erwieſene Wohlthat, herzlich und
demüthig; danket ihm aber auch in dem Na=
men unſers Herrn Jeſu Chriſti. **) Erken=
net nicht nur, daß er Gott iſt, und daß eben
derjenige, der ſich nicht ſchämt, uns ſeine
Brüder zu heißen, ***) mit dem Vater und
Herrn Himmels und der Erde gemeinſchaftlich
regieret, und daher zu ſeiner Rechten ſitzt; ſon=
dern gebt ihm auch die Ehre, die ihm gebühret.
Betrachtet alles dasjenige Gute, das wir hienie=
den genießen, theils als eine Wirkung derjeni=
gen Macht und Gnade, die auch er, als Herr
über alles, beſitzet, theils als eine Frucht und
Folge ſeiner Erlöſung und ſeines Verdienſtes.
Denn die Strafe unſrer Sünden lag auf
ihm, damit wir Frieden hätten, ****) und
alles und alſo auch dasjenige zeitliche Gute, deſ=
ſen wir, nach der Einrichtung Gottes, fähig ſind,
erlangen möchten.

*) Jeſ. 9, 6. **) Eph. 5, 20. ***) Hebr. 2, 11.
****) Jeſ. 53, 5.

Nennet euch daher nicht nur Christen, sondern glaubet auch an Christum so, wie es seinem heiligen und guten Willen gemäß ist. Suchet bey ihm allein, nicht in der Welt und in den Gütern dieser Welt, die Ruhe für eure Seele. Vermehret nicht die Anzahl derer, die entweder nur auf das, was sichtbar und zeitlich ist, sehen, und nur für diese Welt leben, oder gar Christum und sein Evangelium verachten, und von ihm und seinen Wegen nichts wissen wollen. Er, der über alles erhöhet ist und über alles herrschet, bedarf freilich unsrer nicht zur Vermehrung seiner Hoheit und Seeligkeit; aber wir bedürfen seiner, wir bedürfen seines Beystandes, seines Trostes und der durch ihn so theuer erworbenen göttlichen Begnadigung schon in dieser Welt, im Leben, Leiden und Sterben; wir bedürfen aber auch seine Gnade besonders in der zukünftigen Welt: denn, wer glaubet, der wird seelig, wer aber nicht glaubet, da er doch glauben könnte und sollte, der wird verdammt. *) Dies hat derjenige, der die Wahrheit selbst ist, gelehret, dies wird er auch besonders alsdenn, wenn er als Richter der Lebendigen und der Todten erscheinen wird, vor aller Welt bestätigen.

---

*) Marc. 16, 16.

Wie traurig also wird das Schicksal derer seyn, die in dieser Welt seine Herrlichkeit und Größe weder erkennen, noch verehren wollten, und nun erkennen müssen!

Wie entzückend wird nicht dagegen die Freude derer seyn, die, ob sie gleich Christum hier nicht sahen, doch an ihn glaubten, d. h. ihn liebten und ehrten, wenn sie ihn in dem göttlichen Glanze seiner Erhöhung nicht nur sehen, sondern auch auf ewig bey ihm seyn, und ewig um ihn die Seeligkeit, deren Erwerbung ihm so viel gekostet hat, genießen werden. Dazu helfe Gott uns allen — Amen.

Betet hierauf also mit mir:

Fürwahr, du bist barmherzig, gnädig, geduldig und von großer Güte und Treue, du Gott unsers Heils! du Vater und Herr Himmels und der Erden! Du verstößest nicht ewiglich, sondern du betrübest wohl, aber du erbarmest dich auch wieder nach deiner großen Güte. Denn du plagest und betrübest die Menschen nicht von Herzen, und so, daß dich diese ihre Betrübniß vergnügte, und die über sie verhängten Plagen dich erfreueten: du gedenkest vielmehr mitten in der Trübsal der Barmherzigkeit. Du lässest daher, nach dem Ungewitter die Sonne scheinen, und erquickest uns nach dem Weinen auch wieder mit Freuden.

Auch uns und alle, welche den Werth großer Regenten zu schätzen wissen, betrübtest du zwar im Anfange dieses Jahres durch den Tod unsers unvergeßlichen und glorwürdigsten Kayser Josephs. Aber du hast dich, nach deiner großen Güte, über uns und über das ganze verwaisete Deutschland, auch wieder erbarmet. Denn du hast nicht nur, während der bisherigen Zwischen-Regierung der, durch ihre hohen Würden und Eigenschaften, gleich erhabenen Reichsverweser, Friede und Ruhe erhalten, und alle drohende Gefahren abgewendet; sondern du hast auch das bisher in unserer Stadt vorgenommene Wahlgeschäfte eines römischen Königs und Kaisers mit einem eben so erwünschten als erfreulichen Erfolg gekrönet. Denn, du hast die Herzen derer, welchen diese Wahl anvertrauet ist, zu demjenigen Monarchen geneiget, in welchem wir den Erben der vom verewigten Joseph nachgelaßenen großen Länder, und der an Ihm bewunderten ruhmwürdigen Eigenschaften, zugleich ehrfurchtsvoll verehren.

Gerecht und gegründet ist daher die Freude, mit welcher diese große und von so vielen Tausenden gewünschte Begebenheit schon bis hieher unsere Seelen erfüllt hat. Billig dienen wir dir aber auch insonderheit heute mit Freuden, und kommen in diesem, deiner Verehrung geheiligten, Hause, vor dein Angesicht mit Frohlocken. Billig vereinigen wir uns mit denen, die vor deinem Throne stehen, und sagen mit ihnen: Heilig, heilig, heilig ist der Herr Zebaoth, der Herr über alles! alle Lande sind seiner Ehre voll:

die ganze Erde und die Regierung derselben zeuget
von seiner Herrlichkeit

Ja, Herr, du bist würdig zu nehmen von uns
allen, Preiß, Ehre, Dank und Lob. Denn durch
deinen Willen haben nicht nur alle Dinge ihr Wesen und sind geschaffen: sondern du erhältst auch alles, was du erschaffen hast. Noch immer siehest und
kennest du nicht nur alle die auf Erden wohnen, sondern du sorgest auch für sie, und giebst ihnen alles,
was sie bedürfen; und nur allein deine unsichtbare
Vaterhand ist es, die alle menschliche Begebenheiten
anordnet und lenket.

Dieser haben auch wir die Gnade, die uns in
diesen Tagen wiederfahren ist, zu danken. Unter diese deine gewaltige Hand demüthigen wir uns daher
besonders auch jetzt, und erkennen, daß wir aller der
Barmherzigkeit und Treue, die du an uns gethan hast,
zu geringe und nicht werth sind. Hättest du mit
uns nach unsern Sünden handeln, und uns nach
unsern Missethaten vergelten wollen; so hättest du
dasjenige Kriegsfeuer, das so viele, nicht ohne Ursache, bisher befürchteten, in volle Flammen können
ausbrechen, und durch dasselbe Menschen, Städte
und Länder verzehren lassen. Aber deine Güte, deine unbegreifliche und unverdiente Güte ist es, daß
dieses Feuer schon zu der Zeit, zu welcher es noch
glimmte, ausgelöschet, und das so wichtige Wahlgeschäfte, ohne alle Störung, bey erwünschtem Frieden und Ruhestande, hat können vollendet werden.

Gelobet seyst du daher, o ewiger und unendlich
weiser König der Könige, und Herr der Herren, daß

du so große Barmherzigkeit an ganz Deutschland ge=
than, und diejenigen kummervollen Besorgniße, wel=
che bis hieher so viele, wegen beverstehender Krieges=
plagen beunruhigten, in Regungen der Freude und
des Dankes verwandelt hast. Gelobet seyst du, daß
die Wahl zum Oberhaupte unsers Reichs, durch dei=
ne herzlenkende Kraft und Gnade auf einen solchen
Fürsten gefallen ist, der nicht nur den Frieden liebet,
sondern auch, wegen so vieler andern großen und rühm=
lichen Eigenschaften, der höchsten unter den irrdischen
Christlichen Würden, so würdig ist.

Aus Gnaden hast du uns Ihn gegeben; aus Gna=
den erhalte Ihn auch bis in die spätesten Jahre mensch=
licher Wallfahrt. Laß Ihn nicht nur den Tag, der
zu Seiner öffentlichen und feierlichen Krönung be=
stimmt ist, bey vollkommnem Wohlbefinden erleben,
sondern vermehre auch die Tage seines unschätzbaren
Lebens so, daß Er nicht eher, als bis Er dereinst
alt und Lebenssatt geworden ist, die Krone des ewi=
gen Lebens aus deiner Hand empfange. Verherrliche
daher auch an dem ganzen Kayserlichen Hause, wel=
ches wir jetzt größtentheils in unsern Mauern zu sehen
und zu bewundern das Glück haben, deine schützende,
stärkende und erfreuende Gnade, und überschütte es
sowohl hier, als auch an allen Orten, wo es sich
künftig aufhalten und glänzen wird, mit dem besten
und vorzüglichsten Seegen

Unser Herz freuet sich deiner, wegen des Guten
und Großen, das du nicht nur schon bisher an uns
gethan hast, sondern auch, wie wir hoffen, noch fer=
ner thun wirst. Heilige aber auch diese Freude in
deinen

nen Augen verhaßt und verwerflich machen kann, von
allen ferne seyn! Lehre uns bedenken, daß du uns
durch die Güte und Treue, die du an uns beweisest,
zu dir zu ziehen, und aus uns solche Leute zu machen
suchest, die in deinen Geboten wandeln, und sich nicht
nur Christen nennen, sondern auch dem Evangelio
Christi würdiglich wandeln. Gieb, daß wir diesen
deinen eingebohrnen Sohn, auch in Ansehung der
mit ihm auf ewig vereinigten Menschheit, für den
Herrn über alles nicht nur erkennen, sondern auch ihm
die Ehre, die ihm gebühret, geben, und ihn sowohl
in unserm Geiste, als auch an unserm Leibe, so, wie
es dir wohlgefällig ist, preisen. Auch er hat alle Gewalt im Himmel und auf Erden. Wehe uns demnach,
wenn wir ihn verläugnen, ja uns wider ihn empören
und uns seiner Herrschaft entziehen wollten. Dann
würden wir uns nicht nur schon hienieden um diejenige Ruhe für die Seele bringen, die er den Seinen
verheißen hat, sondern wir würden auch deinen Zorn
auf den Tag des Zorns und der Offenbahrung des
gerechten Gerichtes, welches der von dir verordnete
Richter der Lebendigen und der Todten dereinst halten
wird, uns selbst häufen. Wohl uns hergegen, wenn
wir nicht uns, sondern dir und dem, der für uns
gestorben und auferstanden ist, leben. Denn alsdenn
werden wir nicht nur schon hier in dieser Welt an
keinem wahren Gute einigen Mangel haben, sondern
es wird auch dereinst dein mit dir gemeinschaftlich
regierender Sohn, nach der Wirkung, mit welcher er
sich alle Dinge unterthänig machen kann, unsere sterb-

C

lichen Leiber erwecken, und seinem verklärten Leibe
auf ewig ähnlich 'machen.

O! wie groß, wie herrlich, ja, wie unermeßlich
ist nicht der Gnadenlohn, welchen du, ewiger Erbar=
mer! allen, die sich dir und deinem Willen unterwer=
fen, verheißen hast! Laß auch uns diese Belohnung
so ansehen und beherzigen, daß wir den Weg, auf
welchem wir dieselbe erlangen können, gehen, und uns,
weder zur Rechten noch zur Linken, von demselben
entfernen! Deine Güte wirke in uns alles, was vor
dir wohlgefällig ist, und sey alsdenn auch über uns,
und verherrliche sich im Leben und Sterben an uns,
wie wir, um Christi willen, auf dich hoffen. Dir
sey Ehre in Ewigkeit! Amen.

Predigt

bey der Krönung

Kaiser Leopold des Zweyten

über

Psalm 84, v. 12. 13.

gehalten

in der St. Catharinenkirche

den 17ten Okt. 1790.

Ewiger und unendlicher Gott! Deine Güte ist, so weit der Himmel ist, und deine Wahrheit, so weit die Wolken gehen. Du erhörest Gebet; darum kommet alles Fleisch zu dir. Zu dir kommen auch wir, und danken dir, daß du auch unser Gebet erhöret, und uns nicht nur einen verehrungs- und liebenswürdigen Kaiser gegeben, sondern auch sein Krönungsfest ihm und uns allen zu einem Tage einer allgemeinen Freude gemacht, und alles, was diese stören konnte, in Gnaden abgewendet hast. Laß uns auch diese Barmherzigkeit und Treue, die du an uns gethan hast, so wie allezeit, also auch jetzt, zu einer solchen Dankbarkeit leiten, welche dir wohlgefällig und uns selbst seelig ist. Deinen Geist und deine Kraft wollest du daher auch jetzt zu deinem Worte geben, und uns gnädiglich erhören. Erhöre uns, lieber Herre Gott! Amen. .

Ehren- und Freudensbezeugungen sind zwar insgemein willkührliche Ausbrüche der in uns herrschenden Gemüthsbewegungen; indessen kommen sie demohngeachtet zu verschiedenen Zeiten und Gelegenheiten, mit einander überein, und sind eben daher einander sehr ähnlich. Zu einem deutlichen und überzeugenden Beweise hiervon dienet uns be-

fonders die Vergleichung derjenigen Nachricht,
die wir 1 Kön. 1, 39. 40. lefen, mit dem, was
wir in diefen Tagen gefehen und gehöret haben.

Aus den jetzt angeführten Worten erkennen
wir, daß, als der Priefter Zadok den liebften Sohn
des Königs Davids, Salomo, zum Könige über
Ifrael und Juda gefalbet hatte, das ganze Volk
nicht nur gerufen habe: Glück zu dem König Sa=
lomo! fondern daß ihm auch hierauf alles Volk
ein folches Freudengefchrey erhoben habe, daß von
ihrem Gefchrey die Erde erfcholl: Gefchah nicht
aber eben dies auch unter uns, noch vor wenigen
Tagen? Sobald unfer neuerwählter Kaifer gefal=
bet und gekrönet worden, erfchallte nicht nur aus
dem Munde aller derer, die ihn zu fehen das Glück
hatten, der Zuruf: Es lebe unfer neuerwählter
Kaifer! fondern er wurde auch fo oft und fo lebhaft
wiederholet, daß alles davon wiederhallte, und nie=
mand ohne Rührung diefe einftimmigen, die
ganze Luft erfüllenden, Glückwünfche hören konnte.

Auch dies war allerdings Pflicht, heilige und
unverletzliche Pflicht aller derer, welche von der
großen Begebenheit, die fich in diefen Tagen unter
uns zugetragen hat, wußten, und bey derfelben ge=
genwärtig feyn konnten. Denn, wer wollte nicht
an dem, was in das Wohl eines fo großen und
mächtigen Reiches, als unfer Deutfchland ift, einen

unläugbaren Einfluß hat, einen aufrichtigen An=
theil nehmen und sich darüber nicht nur freuen, son=
dern auch diese Freude, bey einer ihm gegebenen
Gelegenheit, öffentlich zu erkennen geben? Wer
wollte sich nicht mit denen vereinigen, die einem so
verehrungswürdigen Monarchen, als unser neu=
erwählter Kaiser ist, alles Gute wünschen und er=
bitten?

Allein dürfen wir es deswegen bey die=
sen Ehren = und Freudens=Bezeugungen bewen=
den lassen? Nein; das sey ferne! Christen
müssen nach der deutlichen Vorschrift Pauli
1 Timoth. 2, 1. so, wie für alle Menschen, also
insonderheit auch für ihre Obrigkeit, nicht nur
Bitte, Gebet und Fürbitte, sondern auch Dank=
sagung thun. Auch wir sind daher verpflichtet, für
die unter der guten Hand Gottes in dieser Woche
glücklich vollzogene Krönung unsers erwählten Kai=
sers, um so viel mehr herzliche und demüthige Dank=
sagung zu thun, da dies eine Hochobrigkeitliche Ver=
ordnung erfordert, und dieser heutige Tag vorzüg=
lich dazu bestimmt ist. Danket daher dem Herrn,
denn er ist freundlich, und seine Güte währet
ewiglich. Lobsinget dem Herrn! denn er hat sich
herrlich beweiset, solches sey kund in allen Landen.
Lasset uns denn aber auch jetzt eine eben so
nöthige als wichtige Wahrheit beherzigen; eine

C 4

Wahrheit, welche insonderheit auch diejenige große
Begebenheit, welche unsre jetzige Zusammenkunst
veranlasset hat, uns zu Gemüthe führet. Der König der Könige hat Leopold den Zweyten, zu einer
Würde erhoben, welche ihm den Rang über alle
andere Könige und Regenten giebt. Er hat aber
sich auch zu allen Zeiten, als einen treuen und ei-
frigen Verehrer des Herrn der Herren bewiesen.
Auch dadurch hat also Gott diejenige Verheisung
erfüllet, die er, wie wir aus 1 Sam. 2, 30.
ersehen, durch einen Mann Gottes, den er zum
Hohenpriester Eli sandte, in folgenden Worten
bekannt machte: Wer mich ehret, den will ich
auch ehren.

Freilich können und dürfen sich nicht alle Got-
tesverehrer, wegen dieses ihres Verhaltens, an-
sehnliche Ehrenstellen, oder gar die höchsten Würden versprechen. Indessen läßt Gott die ihm er-
zeigte Ehre zu keiner Zeit unvergolten. Er giebt
vielmehr noch immer und in allen Fällen den Frommen Gnade und Ehre, unvergängliche und eben
daher unschätzbare Ehre. Dies lehrt uns nicht nur
der vorgeschriebene Text, sondern es überzeugen
uns auch hiervon noch andere eben so deutliche, als
unverwerfliche Beweise. An diese wollen wir uns
jetzt zu dem Ende erinnern, damit wir uns hieraus nicht nur von dem Einflusse der christlichen Ver-

herrlichung der Ehre Gottes, in unser wahres und ewig dauerndes Wohlergehen überzeugen, sondern damit auch diejenige, die sich bisher dieser Pflicht entzogen haben, beschämet, diejenige aber, welche sie bisher beobachtet haben, in diesem Verhalten noch ferner gestärkt und befestiget werden. Der Herr, dessen die Sache ist, lasse sich dieses unser Vorhaben in Gnaden gefallen, und unterstütze dasselbe durch seinen kräftigen Beystand. Darum wollen wir ihn bitten ꝛc.

Diejenige Stelle der heiligen Schrift, welche itzt zur Erklärung vorgeschrieben ist, lesen wir:

Pf. 84, v. 12. 13.

Gott, der Herr ist Sonne, und Schild; der Herr giebt Gnade und Ehre: Er wird kein Gutes mangeln lassen den Frommen. Herr Zebaoth! wohl dem Menschen, der sich auf dich verläßt.

Diese itzt abgelesene Worte geben mir eine eben so deutliche als gegründete Veranlassung, eure Andacht vorißo damit zu unterhalten, daß ich euch zu betrachten vorstelle:

Die gewisse und schätzbare Ehre derer, die Gott ehren.

Wir wollen daher

I. die Gesinnung und das Verhalten derer,
die Gott ehren, näher kennen lernen;
und hierauf

II. auch erwägen: wie und wodurch sie von
Gott wieder geehret werden.

Wir Menschen glauben freylich schon alsdenn,
daß wir von andern Menschen geehret werden,
wenn diese nicht nur über uns vortheilhaft urtheilen, sondern auch diese ihre Urtheile durch ihr Verhalten gegen uns bestätigen; wenn sie folglich bey
allen Gelegenheiten alle diejenigen gesellschaftliche
Pflichten beobachten, welche für Zeichen der Hochachtung und Ehrerbietung gehalten werden. Allein, sind denn nun etwa diese unsere Gedanken
auch zugleich die Gedanken Gottes? Betrachtet er
uns auch schon alsdenn als Verehrer seiner Herrlichkeit, wenn wir nicht nur zuweilen unsern Mund
das, was ihm zur Ehre gereichet, reden lassen,
sondern wenn wir auch besonders zu der Zeit, zu
welcher wir von solchen, die Gott ehren, gesehen und bemerkt werden, gewisse äussere Dinge, durch die wir Gott zu ehren glauben, beobachten? Dies glauben freylich, auch selbst unter denen, die sich Christen nennen, nicht wenige. Aber
ist deswegen diese Ueberredung auch richtig und gegründet? Nein; das sey ferne! Der Mensch siehet

zwar auf das, was vor Augen ist; aber der Schöpfer und Herr der Menschen siehet das Herz an. *)

Ihn ehren nur diejenigen so, wie es seiner
Hoheit und seinem Willen gemäß ist, welche sich
nicht etwa nur für Verehrer Gottes bekennen,
sondern auch bey der Erinnerung an Gott und an
seine unendliche Vollkommenheiten, in ihrem Herzen Ehrerbietung empfinden. Diese Empfindung
selbst ist freylich hier in dieser Welt, auch selbst in
den Seelen derer, die es mit Gott redlich meinen,
nicht immer gleich stark, gleich lebhaft. Denn
das, was unsichtbar und ewig ist, rühret uns nicht
immer gleich stark. Indessen können wir doch nicht
nur beständig an Gott, als an den, der allein ewig,
unendlich, allwissend, allweise und allgütig ist,
gedenken; sondern es muß auch dieses Andenken
an Gott, die liebste und angenehmste Beschäftigung
unsrer Seele seyn. Wir müssen uns daher
sowohl aus seinen Werken, als auch aus seinem Worte und aus seiner Offenbahrung von
seiner Größe immer mehr und immer fester zu
überzeugen suchen. Alles, was wir sehen, hören
und empfinden, kann und muß uns dazu dienen,
daß wir unser Herz von dem, was sichtbar und zeitlich ist, zu dem, was unsichtbar und ewig ist, erheben, und dann insonderheit auch aus dem, was

*) 1 Sam. 16, 7.

Gott hienieden thut, oder wenigstens geschehen läßt,
die Weisheit, Güte und Heiligkeit seiner Regierung erkennen. Wir können ihn in so fern allezeit
vor Augen haben; in so fern uns das Sichtbare
lehret: daß von Gott und durch Gott alle Dinge
sind; und daß auch wir in ihm leben, weben und
sind.

Je mehr, je ernstlicher wir dies bedenken,
desto mehr und desto öfterer werden wir dadurch
bewogen, ihn über alle Dinge, die ausser ihm sind,
zu ehren, und seinem Beyfall, nicht nur die Gunst
und den Beyfall andrer Menschen, sondern auch
alles das, was uns und ihnen in dieser Welt schätzbar ist, vorzuziehen. Alsdenn sagen und bekennen
wir nicht nur mit dem Munde: Herr, mein Gott!
du bist gros und sehr löblich; und deine Größe ist
unaussprechlich; sondern wir empfinden auch diese
Größe Gottes so, wie wir sie in dieser Welt, in
welcher nicht nur alles unser Wissen, sondern auch
die guten und Gott gefälligen Bewegungen unserer
Seele unvollkommen sind, empfinden können.

Wir beweisen aber alsdenn auch diese Gesinnungen unsers Herzens äusserlich und zeigen sie besonders dadurch, daß wir nicht anders, als mit
der grösten Ehrerbietung von Gott und von allem
dem, wodurch er seine Herrlichkeit geoffenbaret
hat und noch offenbaret, reden und zeugen. Da

uns allein schon diejenige Hochachtung, die wir gegen andre Menschen haben, besonders auch dazu dienet, daß wir uns nicht nur in ihrer Gegenwart, sondern auch in ihrer Abwesenheit, solcher Reden, die ihrem guten Namen nachtheilig sind, enthalten, und dagegen kein Bedenken tragen, auch Andere von der guten Meynung, die wir von ihnen haben, zu überzeugen; so muß sich nothwendig noch vielmehr die Ehrerbietung gegen Gott durch ähnliche Beweise zu erkennen geben. Es muß hier heisen: Weß das Herz voll ist, geht der Mund über. Ist das Herz mit einer wahren und ungeheuchelten Ehrfurcht vor Gott erfüllet, so äussert sich dieselbe alsdenn auch durch mündliche Zeugnisse. Wir lassen daher nicht nur keine Worte und Reden, welche mit dieser Ehrfurcht streiten, aus unserm Munde gehen, sondern wir machen uns auch eben so viel Ehre als Freude daraus, wenn wir Andere, die der wahren Gottesverehrung Hohn sprechen, beschämen, und ihnen den Mund verstopfen können.

Hingegen verabsäumen wir auch keine Gelegenheit, bey welcher wir uns mit andern in der Verherrlichung der Ehre Gottes vereinigen können; wir besuchen vielmehr diejenige Häuser, welche der öffentlichen Gottesverehrung gewidmet sind, besonders auch deswegen, weil wir in denselben

mit andern gemeinschaftlich unsern Mund zum
lobe Gottes öffnen können.

Einen eben so deutlichen, als überzeugenden
Beweiß hiervon finden wir an dem Verfasser des-
jenigen Psalms, aus welchem unser Text genommen
ist, an dem König David. Diesem begegnete das
gröste Unglück, das einem Vater, wenn er zumal
ein König ist, begegnen kann. Er sahe sich genö-
thiget, vor seinem Sohn Absalom, Jerusalem zu
verlassen, und jenseit des Jordans zu fliehen. Was
schmerzte ihn aber eben damals am meisten? Die
Treulosigkeit seines Sohns und so vieler Anderer
seiner bisherigen Unterthanen, war ihm freylich empfindlich: Aber noch empfindlicher war es
ihm, daß er von dem Orte, an welchem damals
Gottes Ehre wohnte, von der Stiftshütte, auf
dem Berge Zion entfernet war. Dies erkennen
wir auf das deutlichste aus dem 42sten Psalm, überdies aber auch aus demjenigen, aus welchem unser
Text genommen ist. Denn diesen hat er höchst wahr-
scheinlich, zu eben dieser Zeit aufgesetzt. Wie
deutlich, wie rührend äussert er aber nicht auch in
demselben seine Hochachtung gegen die öffentliche
Gottesverehrung! dies thut er besonders in dem
2ten Vers.

Auch dieses so sehnliche Verlangen, welches
David, nach der Gegenwart bey dem öffentlichen

Gottesdienste hatte und äusserte, dienet zu einem
deutlichen und überzeugenden Beweise von der
Rechtschaffenheit seiner Ehrerbietung gegen Gott
selbst. Denn obgleich die öffentliche Gottesvereh=
rung keinesweges das Wesentliche der Ehre, die
wir Gott zu geben, schuldig sind, ausmacht; so
ist doch die geflissentliche Verabsäumung derselben
ein Beweiß von Kaltsinn und von Gleichgültig=
keit gegen das, was die Ehre Gottes befördert.
Auch Christen dürfen und sollen daher ihre gottes=
dienstliche Versammlungen keinesweges verlassen.
Und wenn sie es dennoch thun; so zeigen sie eben
dadurch, daß ihre innere Herzensreligion so redlich
und thätig nicht ist, als sie seyn sollte. Denn es
heißt auch hier: Das Eine muß man thun, und
das Andere nicht lassen. Man soll und muß Gott
von ganzem Herzen lieben und ehren; aber man
muß sich auch der äusserlichen Zeichen und Bewei=
sungen dieser Ehrerbietung nicht schämen. Dieses
gehöret zum Leichten im Christenthum: Wie kan
man aber denen, die dies nicht einmal beobachten,
das Schwere im Christenthum, die Ueberwindung
seiner selbst zutrauen? Es gehöret daher aller=
dings auch die öftere und andächtige Abwartung
der öffentlichen Gottesverehrung zu den Beschäfti=
gungen derer, welche Gott so, wie es seinem
Willen gemäß ist, verehren wollen.

Indeſſen beſtehet freilich dieſe Verehrung vor= nemlich darinnen, daß wir unſer ganzes Verhalten ſo, wie es gut iſt, und wie es Gott von uns fordert, immer williger und ernſtlicher einzurichten ſuchen. Wir ſelbſt bezweifeln ja mit allem Rechte die Redlichkeit derer, die uns zwar ihre Hochachtung und Ergebenheit mit vielen Worten verſichern, die ſich aber dem ohngeachtet, manche Handlungen, die uns äuſſerſt zuwider, ja für uns beleidigend ſind, erlauben und in uns eben dadurch Verdruß und Unwillen erregen. Unmöglich kann es alſo Gott ſelbſt gleich viel ſeyn, ob wir Gutes oder Böſes thun? ob wir ſeine Gebote halten oder übertreten? Er iſt vielmehr allen Uebelthätern feind; und hat daher auch gegen alle die, die zwar zuweilen man= ches, aber nicht alles Böſe unterlaſſen, und ſich wider beſſer Wiſſen und Gewiſſen von ſeinem heili= gen und guten Willen entfernen, einen gerechten Unwillen.

Es ehren Gott folglich nur diejenigen ſo, wie ſie ihn zu ehren ſchuldig ſind, welche alles, was ihm mißfällig iſt, mit allem Ernſte vermeiden, und dagegen alles, was er ihnen geboten hat, treu und redlich befolgen. Dies lehrete ehedeſſen Jeſus Chriſtus ſelbſt, bey mehr, als einer Gelegenheit. Denn er gab ſeinen Jüngern unter andern, Joh. 15, 8. folgende Verſicherung:

Darin

Darin wird mein Vater geehret, daß ihr viel
Frucht bringet. Es ist folglich zur wahren Verehrung Gottes noch nicht genug, daß wir das, was
böse ist, unterlassen: wir müssen vielmehr auch
das, was gut ist, thun und ausüben. Je mehr
und je deutlicher daher insonderheit wir Christen
von dem, was vor Gott angenehm und wohlgefällig ist, durch den Sohn Gottes selbst unterrich-
tet sind; desto mehr müssen wir diesen Unterricht
auch zugleich zur Befolgung desselben brauchen.
Weil Gott unser in Christo versöhnter Vater ist, so
müssen wir uns eben daher desto lieber und desto
sorgfältiger, als seine gehorsame Kinder verhalten,
und den erkannten Willen desselben zur Richtschnur
alles unsers Thuns und Lassens erwählen und annehmen.

Daß diejenige, die Gott so, wie bisher gezeiget worden, ehren, von ihm wieder geehret werden, und daher ihre Ehre eben so gewiß, als un-
schätzbar ist, werden wir jetzo im zweyten Theile unsrer Betrachtung um so viel leichter und kürzer beweisen können; je deutlicher uns schon unser heuti-
ger Text hiervon überführet.

Denn, wenn David hier lehret: daß Gott
Sonne und Schild sey; so erkläret er sich selbst
gleich darauf über den Sinn dieser bildlichen
Ausdrücke in folgenden Worten: Der Herr

D

giebt Gnade und Ehre; er wird kein Gutes
mangeln laſſen den Frommen. Gleichwie nämlich
die Sonne das Licht der Welt iſt, und allen denjenigen, die ſie ſehen können, das, was um und
neben iſt, ſichtbar macht; alſo erleuchtet auch Gott
durch ſeinen Geiſt alle diejenige, die ihn für ihren Herrn erkennen und ehren, immer mehr und
mehr, und läßt ſie in der Erkenntniß deſſen,
was zu ihrem Beſten dienet, immer reicher und
völliger werden. Gleichwie die Sonne, die wir
alle ſehen, das Wachsthum deſſen, was die Erde trägt, auf das kräftigſte befördert; alſo ſchen-
ket Gott auch denen, die ſich zu ihm halten, immer mehr und mehr alle diejenige Kraft, welche
ſowohl zum Wollen, als auch zum Vollbringen des
Guten erfordert wird; gleichwie ferner der Schein
und Glanz der Sonne alle diejenige, die ihn ſehen, auf das innigſte und lebhafteſte erfreuet;
alſo begnadiget auch Gott ſeine wahren und aufrichtigen Verehrer mit einer ſo reinen, heiligen
und beſtändigen Freude. Denn ob es gleich auch
ihnen in dieſer Welt, an vielerley Veranlaſſung
zur Sorge und Betrübniß nicht fehlet; ſo tröſtet
ſie doch die Verſicherung von der Gnade ihres
ewigen Erbarmers. Obgleich auch ſie zuweilen
unverdiente Feindſeligkeiten und Beängſtigungen
erfahren müſſen; ſo läßt ſie doch Gott auch bey

diesen Prüfungen nicht hülflos, sondern beweißt sich vielmehr als ihr Schild und ihren Erret: ter. Er lässet sie daher niemals über ihr Ver: mögen versuchen, sondern lässet sie vielmehr an seiner Hülfe Ehre und Freude haben.

Nicht selten werden überdies diejenigen, die Gott ehren, von ihm auch hinwiederum in so ferne geehret, in so ferne er die Herzen derer, die von ihrer Rechtschaffenheit und ihren Ver: diensten überzeugt werden, zu ihnen neiget, und ihnen überhaupt auch kein wirkliches irdisches Gute fehlen läßt.

Freilich geniesen auch Freunde und Vereh: rer Gottes in dieser gegenwärtigen Welt keine ganz vollkommene und unwandelbare Glückselig: keit. Auch sie erfahren vielmehr, daß unter der Sonne alles eitel, vergänglich und unbeständig sey; und es wird daher nicht selten auch ihre Freude in Traurigkeit verkehret. Indessen trau: ren sie doch keinesweges und niemals, wie dieje: nige, die keine Hofnung haben. Sie mäßigen sich vielmehr auch bey einer an sich gerechten Betrüb: niß, und es ist und bleibt von ihnen alles verzweiflende Zagen deswegen entfernt, weil der allmächtige und allgütige Gott ihr Trost ist, und weil ihnen in Christo die gute Hofnung gegeben ist, daß auf ihre Trübsal dereinst eine ewige und über alle

D 2

maßen wichtige Herrlichkeit erfolgen werde. Und diese Hofnung lässet sie auch nicht zu Schanden werden. Sie werden vielmehr durch einen seeligen Tod dereinst von allem Uebel erlöset, und ihr Glaube alsdenn in ein ewiges und seeliges Schauen verwandelt.

Wer wollte also nicht mit dem König David ausrufen: Herr Zebaoth! wohl dem Menschen, der sich auf dich verläßt; der nicht nur die Erfüllung der von dir geschenkten Verheissungen mit herzlicher und demüthiger Zuversicht erwartet, sondern auch die Bedingungen, welche diese Versicherungen voraussetzen, mit aller Treue und Willigkeit erfüllet.

Gott, der Herr, giebt Gnade und Ehre; er wird und will kein wahres Gute, denen, die zu den wahrhaftig Frommen, zu den wahren und standhaften Verehrern seiner Herrlichkeit gehören, jemals mangeln lassen: dies müsse uns alle zu einer eben so ernstlichen als beständigen Verehrung Gottes auf das kräftigste erwecken. Wie sehr irren sich daher nicht alle diejenige, die sich überreden, daß es umsonst sey, Gott zu dienen, und daß es zu nichts nütze, wenn man auch gleich vor Gott wandele und fromm sey. Wie sehr betrügen sich nicht aber auch diejenigen, die sich alsdenn, wenn sie Gott einige Stufen höher, als andere ſeßet, eben deswegen der Gottesverehrung entweder ganz ſchämen, oder ſie wenigſtens nicht ſo thätig beweiſen, als ſie dieſelbe beweiſen ſollten.

Freilich haben beſonders in unſern Tagen diejenigen, die Gott ehren, ſehr abgenommen; und
diejenigen, die ſich für allen andern weiſe zu ſeyn
dünken, überreden ſich, daß man ein Mann von
Ehre ſeyn könne, wenn man gleich nicht eben ein
Mann von Religion wäre: dies könne, ja dies
müſſe der große und ſtarke Geiſt dem großen Haufen überlaſſen.

Aber auch unter denen, die Stand und Anſehn
über viele andere erhebet, hat Gott noch immer ſolche,
die ihm dienen, und ihn ſo, wie es ihm wohlgefällig iſt, ehren. Zu einem deutlichen Beweiſe hiervon dienet uns derjenige Monarch, deſſen in voriger Woche glücklich vollendete Krönung, die heutige
Feierlichkeit veranlaſſet hat.

Von ſeiner erſten Jugend auf hat er ſich zu
der von Chriſto geſtifteten Religion, nicht nur bekennet, ſondern auch die Vorſchriften derſelben befolgt, und kein Bedenken getragen, Chriſtum auch
vor den Menſchen zu bekennen. Er that dies daher beſonders auch noch damals, als er vor wenigen
Tagen zum Oberhaupte des ſo großen und mächtigen deutſchen Reiches, geſalbet und gekrönet wurde. Mehr denn einmal beugte er bey dieſer Gele

D 3

genheit seine Knie vor dem Fürsten der Könige,
warf sich auf sein Angesicht nieder, und blieb
auch in dieser Stellung, während eines ihm vor=
gelesenen und von ihm nachgesprochenen Gebetes.
Mehr denn einmahl legte er überdies noch die ihm
aufgesetzte Krone, wenn er betete, nieder, und fei=
erte auf solche Art besonders das Gedächtnißmahl un=
sers durch das Leiden des Todes vollendeten Erlösers.
Von dieser Selbst=Erniedrigung und der mit der=
selben verbundenen Ehrfurcht vor Gott, sind zwar
alle diejenigen, welche bey jener feierlichen Hand=
lung gegenwärtig seyn konnten und durften, Au=
genzeugen gewesen; aber wie deutlich gab er nicht
seine ungeheuchelte Gottesverehrung, bey der ehe=
maligen Beherrschung der Toscanischen Staaten,
besonders auch dadurch zu erkennen, daß er die Re=
ligion und Kirchenverfassung von so manchen Miß=
bräuchen zu reinigen suchte! Ueberdies bewieß er
seine Werthschätzung der Religion Jesu auch da=
durch, daß er bey dem Antritt seiner Königlichen
Regierung, die unsern Glaubensgenossen von dem
nun verklärten edeldenkenden Joseph ertheilte Re=
ligions = und Gewissens=Freyheit bestätigte, und
eben dadurch zeigte: daß er die vom Sohn Got=
tes gestiftete Religion für das, was sie ist, näm=
lich für eine Religion der Liebe und des Frie=
dens nicht nur erkenne, sondern daß auch der

Geist Christi, der ein Geist der Liebe und des
Friedens ist, auf ihm ruhe. *)

Uns und ganz Deutschland ist daher das Glück,
das wahre und große Glück, widerfahren, daß
uns Gott einen Kaiser, der Gott, als seinen Herrn
ehret, gegeben hat.

An eben demselben sehen wir auch: daß Gott
diejenigen, die ihn ehren, wieder ehre. Denn
Kaiser der Deutschen zu seyn, ist aus mehr, denn
einer Ursache, die gröste und höchste Ehre, die ein
Sterblicher erlangen kann. Einem solchen Regenten räumen nicht nur alle gekrönte Häupter in Europa die erste Stelle ein; sondern es beugen sich
auch selbst gekrönte Lehnsleute vor dem Römischen
Kaiserthron, und Churfürsten, welche mit den
Königen im Range gleich stehen, machen die Erz-
beamten aus. Und so herrschet auch ein Kaiser
der Deutschen über ein Volk, dessen Charakter
noch immer Grosmuth, Tapferkeit, Redlichkeit, Standhaftigkeit und Treue ist. Und
diese so hohe Würde hat der Herr über alles nicht
nur dem, der schon vorher einer von den größten
und mächtigsten Monarchen war, gegeben, sondern auch in Hohen und Niedrigen eine gegründete Ueberzeugung von der vorzüglichen Würdigkeit

*) Gal. 5, 22. Luc. 9, 53 — 56.

D 4

dieses neuerwählten und gekrönten Reichsoberhaupts
gewirket. Es äusserte sich daher diese Ueberzeugung
besonders auch bey uns wirksam, als wir demselben noch vor wenigen Tagen huldigten und den
Eid der Unterthänigkeit und der Treue in seiner Gegenwart ablegten. Denn auch damals wurde diese
Pflicht mit allgemeinem Frohlocken und Glückwün-
schen begleitet.

Haltet daher auch kräftig das, was ihr nicht
nur dem Gesalbten Gottes, sondern auch dem
allwissenden, allgegenwärtigen und unendlich heiligen Gott selbst gelobet und geschworen habt,
desto sorgfältiger, desto unverbrüchlicher, und be-
denket, daß wir nur alsdenn Christo wahrhaftig an-
gehören, wenn wir die Obrigkeit, für das, was
sie ist, nämlich für Gottes Ordnung, nicht nur
erkennen, sondern auch eben deswegen derselben
unterthan sind, und sowohl Gotte, was Gottes
ist, als auch dem Kaiser, was des Kaisers ist, willig und unser ganzes Leben hindurch, geben.

Laßt uns denn aber auch so, wie allezeit, also insonderheit auch jetzt, alles, was unsern Geist
irre machen, oder in seiner Andacht stören kann,
entfernen! Laßt uns unsern Geist zu dem Herrn,
der allen, die ihn im Ernste anrufen, nahe ist,
erheben! Betet mit mir also:

Ewiger und allmächtiger Gott! Du allein schaffest alles, was du willst, beyde im Himmel und auf Erden. Du sprichst, so geschiehts; du gebiethest, so steht es da. Und so bist auch du allein allen gütig, und erbarmest dich aller deiner Werke, die du gemacht hast. Auch wir sind nur allein von deiner unendlichen Macht und Gnade, was wir sind. Denn wir alle haben sonst nichts, als das, was wir erst von dir empfangen haben. Und so geschieht auch sonst nichts, als das, was du vorher bedacht und beschlossen hast, daß es geschehen solle.

Dieser deiner über alles waltenden Vorsicht und Regierung haben wir auch besonders diejenigen grossen und erfreulichen Veränderungen, die wir bisher erlebt haben, zu verdanken. Denn, unter deiner guten Hand hatte der hierher ausgeschriebene Wahltag einen so glücklichen Erfolg, daß wir uns verpflichtet sahen, dir in diesem dir geheiligten Hause deßwegen, noch vor vierzehn Tagen, mit Freuden zu dienen, und mit Danken und Frohlocken vor dir zu erscheinen. Unter deiner guten Hand endigte hierauf der zu einem würdigen Reichsoberhaupte erwählte Monarch nicht nur eine weite und beschwerliche Reise in ununterbrochenem Wohlergehen, sondern Er wurde auch am 9ten Tage dieses Monaths, unter eben so allgemeinem als herzerhebendem Frohlocken und Jauchzen, gekrönet. Billig kommen wir daher auch heute vor dein allerheiligstes Angesicht mit Danken, und freuen uns über die Barmherzigkeit, die du an deinem Gesalbten gethan hast. Du selbst bedarfst zwar unsers Lobes und

D 5

unserer Danksagungen zur Vergrößerung deiner Majestät und Glückseligkeit keineswegs: Du bist vielmehr nicht nur der ewige, sondern auch der allein und unendlich selige König; und wohnest auch überdieß unter dem Lobe vollkommen heiliger und reiner Geister: Aber wir bedürfen eines sorgfältigen Gebrauches derjenigen Gelegenheiten, die uns sowohl von dem überschwenglichen Reichthum deiner Gnade und Barmherzigkeit überzeugen, als auch zu einer dir wohlgefälligen und uns selbst heilsamen Verehrung deiner Herrlichkeit, auf das kräftigste ermuntern. Daher vereinigen wir uns jetzt insonderheit um so viel mehr im Danken und Loben, je herrlicher du dich bey der Wiederbesetzung des erledigten Kaiserthrons bewiesen hast.

Denn du hast uns einen Kaiser gegeben, in dessen Person alle die großen und ruhmwürdigen Eigenschaften vereinigt sind, welche einen Regenten sowohl der Ehrerbietung seiner Zeitgenossen, als auch der Bewunderung der Nachkommenschaft empfehlen können. Hast du Ihn gleich zum Beherrscher vieler und großer Länder gemacht; so hat Er doch diese seine Macht schon bis hieher nicht anders, als so, wie es deinem heiligen und guten Willen gemäß ist, angewendet. Du willst, daß auch die Mächtigen dieser Erde den Frieden lieben, und des, selbst in deinen Augen, theuer geachteten Menschenbluts, so viel an Ihnen ist, schonen sollen: und unser Gesalbter ließ alsobald, nach dem Antritt seiner königlichen Regierung, die Dämpfung des, bereits vor derselben, ausgebrochenen Kriegsfeuers sein erstes Geschäfte seyn.

Und so ist Er auch gerecht, weise und barmherzig,
wie du, unser Vater! gerecht, weise und barmherzig
bist. Einen solchen Stellvertreter deiner Oberherr-
schaft hast du uns an unserm neugekrönten Kaiser gegeben! Wie sollten wir dir nicht also eben deswegen
von ganzem Herzen danken, und diese Gesinnungen
unsers Herzens jetzt auch öffentlich zu erkennen geben? Wie sollten wir nicht aber auch zugleich damit
die innigsten Wünsche unsers Herzens jetzt und künftig für unsern theuersten Kaiser und Herrn vereinigen? Dieß erfordert nicht nur dein Befehl, sondern
auch diejenige Sorge, die wir sowohl für unser eig-
nes, als auch für unsrer Nachkommen Wohlergehen zu tragen schuldig sind. Wir bitten dich daher,
erbarmender Gott und Vater! mit eben der Inbrunst
und Demuth, mit welcher wir dir unsre eignen Angelegenheiten empfehlen: Wir bitten dich, um deines einigen Sohnes, unsers einigen Mittlers und Erlösers,
Jesu Christi, willen: Laß deinen Gesalbten ferner in
deiner Kraft sich freuen, und in deiner Hülfe frölich
seyn! Laß daher deinen Geist, der ein Geist der Weisheit und des Verstandes, ein Geist des Raths und
der Stärke ist, auch ferner auf Ihn ruhen, und sprich
selbst zu Seiner dir geheiligten Seele: Ich bin deine
Hülfe. Hast du Ihn zur höchsten unter denjenigen
Würden, welche ein christlicher Regent erlangen kann,
erhoben; so laß Ihn auch den vollen Seegen des
Evangelii Jesu, sowohl hier in der Zeit, als auch
dereinst noch in der Ewigkeit, erfahren; und mache
Ihn zu einem solchen Pfleger deiner Kirche, welcher
die Verherrlichung deiner Ehre bey allen, die den

Namen Christi nennen, zu befördern, und hergegen
alles, was derselben nachtheilig ist, zu verhindern
sucht. Laß deine Wahrheit und Gerechtigkeit Ihn
in allen seinen Rathschlägen und Ueberlegungen uns
terstützen, und auf der schweren sorgenvollen Laufs
bahn, die Er, nach deinem Willen, betreten hat, leis
ten. Sey du selbst die Sonne, die Ihn erleuchtet,
erquicket und die Finsterniß fürchterlicher Unfälle zers
streuet. Da Er die Herzen seiner Unterthanen, als
seinen größten und wahrhaftigsten Reichthum betrach=
tet, und sich wünschet; so gieb Ihm diesen Wunsch
seines Herzens, und weigere Ihm den Seegen nicht,
den Er von dir bittet. Laß daher alle diejenigen,
die sich sowohl von Ihm als auch von dir verirrt
haben, Seine Vaterstimme, welches auch die Deinige
ist, hören, damit sie nicht noch länger wider sich selbst
wüthen. Laß Ihn, so oft Er seine Rechte, durch das,
Ihm selbst, empfindliche Mittel, durch das Schwerd,
zu vertheidigen genöthigt wird, durch große Siege
hoch kommen, und alle Anschläge derer, die seine
und deine Feinde zugleich sind, vernichten. Sey selbst
der Schild für Ihn, der Ihn bedecket, und laß Ihn
große Ehre an deiner Hülfe haben! Vornehmlich
erhalte Sein theures Leben und Seine kostbare Ge=
sundheit bis in das höchste Alter; und laß die Welt,
noch nach vielen Jahren, in Seiner gesegneten Re=
gierung den lebendigen Beweiß finden: daß, gleich=
wie nur allein derjenige Regent wahrhaftig groß ist,
der dich, als seinen Herrn, fürchtet und ehret; also
auch nur allein derjenige Regent wirklich glücklich
sey, der seine Unterthanen glücklich zu machen sucht.

Deine Gnade walte aber auch über Diejenige, die Er, wie Sein eigen Herz liebt, und über die ganze Kaiserliche Familie. Laß insonderheit die vor wenig Wochen vollzogne Vermählungen derer, die zu derselben gehören, sowohl für Sie selbst, als auch für Ihre verehrungswürdigsten Eltern eine Quelle der reinsten Freude und der größten Glückseligkeit werden. Laß Sie und alle, die bisher hier anwesend waren, nicht nur in die glänzende Kaiserstadt in unverletzter Gesundheit wieder zurückkommen, sondern bewahre sie auch hernach, wie einen Augapfel im Auge; und laß dem ganzen hohen Erzhause Oesterreich kein Gutes mangeln. Lege viel mehr ferner auf Dasselbe Lob und Schmuck, und setze es zum Seegen für und für.

Laß hiernächst auch alle andere Könige und Fürsten, die durch dich regieren, und daher insonderheit alle Churfürsten, Fürsten und Stände des Reichs, deiner fernern väterlichen Obhut empfohlen seyn! Knüpfe das Band, welches das Oberhaupt und die Glieder desselben mit einander verbindet, immer fester; damit alle, die zu unserm lieben deutschen Vaterlande gehören, unter Ihnen noch ferner ein geruhiges und stilles Leben in aller Gottseligkeit und Erbarkeit führen. Steure den Kriegen in aller Welt. Steure insonderheit auch denen, welche den Saamen des Mißtrauens und der Empörung auszustreuen suchen. Laß alle diejenigen, welche ihr Heil und ihre wahre Wohlfahrt lieben, solchen menschenfeindlichen Friedestöhrern, einen unüberwindlichen Widerstand entgegen setzen; und lehre sie bedenken, daß alle diejenigen,

welche die Freyheit zum Deckel einer lasterhaften Zü=
gellosigkeit mißbrauchen, Knechte der Boßheit und des
Verderbens, eben deswegen aber auch zugleich, selbst
in deinen Augen, ein Gräuel sind; und daß sie daher
Ungnade und Zorn, Trübsal und Angst, sowohl hier
in der Zeit, als auch dereinst in der Ewigkeit, zu be=
fürchten haben. Ach! laß doch alle diejenigen, wel=
che das Evangelium des Friedens haben und hören,
auch demselben würdiglich wandeln. Denn dieses ist
das von dir selbst geordnete Beförderungsmittel un=
srer zeitlichen und ewigen Glückseligkeit.

Laß daher auch die Väter unserer Stadt ferner
so regieren, wie es sowohl die Religion, zu der sie
sich bekennen, als auch die Grundgesetze des ihrer Ver=
waltung anvertrauten gemeinen Wesens erfordern;
und überschütte sie dafür mit gutem Seegen; damit
auch sie in deiner Kraft sich freuen und in deiner Hül=
fe frölich seyn können. Lehre aber auch uns allezeit
und in allen Fällen thun nach deinem Wohlgefallen.
Lehre uns daher alle die Christen = und Bürgerpflich=
ten, die uns allen obliegen, mit aller Willigkeit und
Treue beobachten. Du hast, o gütiger und erbar=
mender Vater! deine unermeßliche Güte und Treue
gegen uns besonders auch dadurch geoffenbaret, daß,
auch bey der so großen Menge von Fremden, die
bisher in unsern Mauern versammelt gewesen sind,
keine entstandene Feuersbrunst sie und uns erschrecket,
und auch kein anderer betrübender Unfall sich zu uns
genahet hat: Laß uns die herzliche und demüthige Dank=
barkeit, die wir dir für diesen Gnadenschutz schuldig
sind, dadurch beweisen, daß wir dir gehorsam sind

und bleiben. Bekehre daher die Sünder, und heili=
ge die Bekehrten immer mehr und mehr. Mache
aus uns allen solche Leute, die in deinen Geboten
wandeln, und deine Rechte halten und darnach thun!
Denn du wirst und willst kein Gutes mangeln las=
sen den Frommen; du willst ihnen vielmehr Gutes
und Barmherzigkeit beständig lassen nachfolgen; ja
du willst allen, die dir im Glauben und in der Lie=
be bis an den Tod getreu sind, dereinst die Krone
des ewigen Lebens geben. Das hast du verheissen;
das wirst und willst du auch erfüllen. Denn dein
Wort ist wahrhaftig, und, was du zusagest, hältst
du gewiß. Dir, Gott, den Erd' und Himmel preißt;
Dir, Vater, Sohn und Heil'ger Geist! Dir, heilige
Dreyeinigkeit! Sey Lob und Preiß in Ewigkeit!
Amen.

In der Lebensbeschreibung.

Seite 2. Zeile 5. statt, würkte, sollte stehn, würkten, was

— 14. — 7. statt, frommmem, sollte stehn, frommen

— 17. — 8. v. u. statt, Kirchengeschichte, sollte stehn, Kirchengeschichte —

— 27. — 13. statt, von meinen, sollte stehn, von meinem

— 32. — 14. statt, der, sollte stehn, den

— 38. — 6. v. u. statt, seinen Predigten und Kinderunterricht, sollte stehn, seinen Predigten und seinem Kinderunterricht

— 41. in der letzten Zeile statt, ein jeder, sollte stehn, ein jedes

— 42. — 12. statt, Salzmanns und Fischers, sollte stehn, Salzmanns, Hermes und Fischers

— 59. — 9. statt, diese Veränderlichkeit, sollte stehn, jene Veränderlichkeit

— 65. — 10. statt, daraus weil, sollte stehn, daraus daß

In den Predigten.

Seite 5. in der letzten Zeile statt, Kinder, sollte stehn, Kinder?

Seite 7. Zeile 9. statt, vor denen, sollte stehn, von denen

— 13. — 15. statt, Lehrers, sollte stehn, Lehrens

— — — 16. statt, Täufers, sollte stehn, Taufens

— 32. am Ende — nach Freude, sollte stehn, und laß alles was uns —

— 50. Zeile 20. statt, einer so reinen, sollte stehn, einer reinen

Kleinere Druckfehler, die den Sinn nicht stören, und Interpunction u. d. gl. betreffen, wird man leicht selbst verbessern können. —

www.ingramcontent.com/pod-product-compliance
Lightning Source LLC
Chambersburg PA
CBHW020228030726
47497CB00009B/2992